ヘッドフォン・ガール

高橋健太郎

Headphone Girl by Kentaro Takahashi

ARTES

Headphone Girl

Published by Artes Publishing Inc.,

#303 5-16-23 Daizawa, Setagaya-ku,

Tokyo 155-0032 Japan

ヘッドフォン・ガール

高橋健太郎

アルテスパブリッシング

後ろのドア

2000100201

友人達はどこか南の島に皆既日食を見に行く相談をしている。オレも誘われたが、仕事の都合がつきそうにない。それ以前に、きっとお金のかかる旅行だろう。無理で良かった。そもそも、皆既日食を見たいなんて思ったこともないのだから。ただ、友人達に誘われなかったら悔しい。それだけのことだった。

皆既日食は太陽が月の影に隠れて起こる。それすら、オレは知っていたのだろうか。
こうやって夜がやって来るのは、太陽が地球の影に隠れているからだ。いや、そろそろ外では、夜が明けているだろう。だから今は、オレが太陽から隠れているだけかもしれない。街が動きはじめる音が聞こえる。でも、もう少しだけ、隠れていたい。アパートの前の住人が残していったカーテンは、幸いなことに遮光性が高い。ここにこうやって隠れているのは快い。

カズは布団を引き寄せて、さらに丸くなった。電話さえ鳴らなければ、頭の中の独り言はそのままベッドのぬくもりの中に溶けていたはずだった。

だが、電話は鳴り、カズは十月二日の朝に投げ落とされることになる。二回目のコールで、カズはすべてが夢の中の考えごとだったのに気づいた。南の島で皆既日食が見られるなんて、どうして自分が考えついたのかは分からないが。

奇妙に思いながら、カズはベッド脇の携帯をまさぐった。しかし、薄暗い部屋の中で鳴っていたのは携帯ではなく、床に置かれたグレーの留守番電話だった。携帯を使うようになってから、この電話が鳴ることはほとんどなくなった。こんな時間に、いったい誰だろう?

ベッドから電話へのわずかの距離がだるい。六回目のコールで、ようやくカズは身体を伸ばし、受話器を取った。

「はい」

「もしもし、モモノイさんのお宅ですか?」

「はい」

「モモノイカズマさんは?」

「オレですけれど」

心当たりのない男の声。何かの勧誘だろうか。しかし、男は親しげな調子で続けた。

「カズマくん、私は湯川昇です。分かりますか?」

「いいえ……」

「湯川昇です。私はあなたの従兄弟なんですが、憶えてないかなあ。ちっちゃい時にお会いしただけだから」

「はあ、湯川さん……?」

「そう、私が湯川昇で、妹が薫子です。あなたのお父さんの姉の子供です。母の真知子も分からないかなあ。あのね、あなた、ちっちゃい時、まだ三つくらいだったかな、しばらく、うちにいたことあるんですよ。私はもう高校生だった。いや、憶えてないよねえ」

「あのお、ちょっと分からないです。それで何か? 何かありましたか?」

「それが実はカズマさんと相談したいことが出来たんで、近いうちにお会いしたいんですよ。佐和子おばさんのことなんですが」

「佐和子おばさん？」

「一番上のおばさんです。行方不明なんですよ。いつからいないのかもよく分からないんですがね。おばさんの中野のおうち、あなたは行ったことがない？」

「いや、分かりません」

「まあ、とりあえず、私は長野なんで、週末に東京に行きますから、お会いできないですか。薫子も来ますし。薫子はカズマくんに会いたがってましたよ。うちにいた時も、すごく可愛がっていたから、あなたを」

　何か酷く面倒なことが起こったようだ。カズは悪いクジでも引き当てたような気分に襲われた。ようやく、ひとりに慣れて、ひとりが快くなってきたところだというのに、誰かが行方不明になって、見知らぬ親戚と会わねばならない？　話を聞いたところで、オレにできることなど、ありはしないのに。

「はあ、それで、じゃあ、どうしたらいいんですか？」

「土曜日に新宿あたりで会いましょうか。談話室滝沢って喫茶店、知っていますか？　東口を出てすぐのところ」

知らなかったが、説明を聞くのも面倒くさい。しかし、こんな気分なのに、意外にていねいに話せる自分に、カズは驚いていた。

「知りませんけれど、たぶん探せば分かるかと思います」

「じゃあね、土曜日の十一時にしましょう。でも顔が分からないですよねえ。えーと、目印に何がいいかな、ああ、じゃあ、私が青い紙袋を持って行きますよ。ね、それでも分からなかったら、店員さんに呼び出してもらいましょう」

携帯の番号を交換しておけば、そんな必要はないはずだが、まあいい。とりあえず忘れて、もう一度寝たい。時計はまだ八時四十分だ。カズは九時にセットされた目覚ましを九時十五分に変えて、うつぶせに、枕に飛び込んだ。

2000100202

そういえば、十月になった。今日からオレは正社員だ。飲み食い散らかされたテーブルを片付けながら、カズは一日の終わりにようやく、そのことを思い出した。何が変わった訳ではない。手取りは少し増えるが、残業代は出なくなる。今の仕事に残業はあまりないが、しかし、今日に限ってはもう夜の十時過ぎだ。

この部屋のチーフの西岡はカズに後を任せて、先に帰ってしまっている。今日のセッションのバックアップ・データを取るだけだ。終電には楽勝で間に合うだろう。

しかし、思いがけず、スタジオの分厚い防音ドアが開いた。顔を覗かせたのは、黒いブランドもののスーツを着た広告制作会社の女性ディレクターだ。これはもう少し残業になってしまうのかもしれない。

「カズくん、今日の三十秒と十五秒、あとでVHSに起こしてもらえないかな?」

「何本ですか?」

「十本、いや、十二本。それでクライアント用に四本、代理店用に四本それぞれを封筒に入れて、受付に預けといて」

VHSのコピーはMAの仕事なのか? それ以前にアンタは別にオレの上司じゃないんだけれどな。でも、今日は彼女がここのボスなのだろうか?

今ひとつ、カズには仕事の仕組みが分からないままだ。

「了解でーす。で、残り四本は、藤崎さん、持ち帰りますか?」

「うん、いや、うちの分も受付に預けといて。私ももう会社戻るから、お願い」

「分かりました。お疲れさまでーす」

とりあえず、ロビーから雑誌を取ってこよう。カズはゆっくりやることに決めた。一度に三本ずつしかＶＨＳはコピーできない。四回まわすには、三、四十分はかかるだろう。


今日のＣＭは、口臭抑制のサプリだった。ナレーションを入れにきたのは、昔は歌手だった女性らしいが、カズは知らなかった。西岡はやけに興奮していたが。

退屈なＶＨＳのコピー作業の間、カズは男性用のモノ雑誌を眺めることにした。買いたいものがなかなか見つからない。良い傾向だ。馬鹿みたいに高いジーンズを買う気も最近はしなくなった。どうしてジーンズにあんな金を使ったんだろう。わずか一年前のことなのに、その頃の自分の気分が今はよく分からない。しばらくは金を貯めよう。今、金を使うなら、そろそろ携帯を機種変更するくらいか。二〇〇〇年秋のｄｏｃｏｍｏの新製品の紹介記事をカズは眺め回した。

折りたたみ式でｉモード対応、カラーの大型液晶のN502itという新製品がカッコイイ。ｉモードが何だかはよく分かっていないのだが。でも、きっと機種変更は高いだろう。最初は一円で買えた携帯なのに、どうして機種変更には高い金がかかるのか。

理不尽なのは、入り口はいつも入りやすく、入ってしまうと、後ろのドアがぱたりと閉まることだ。あとは、ドアを閉めた側のルールに従わねばならない。それが世の中というものらしい。

2000100701

新宿の交番はどこにあっただろう？　山手線の中で、それをカズは案じていた。喫茶店の場所を聞いておけば、そんな心配も必要なかったというのに。

それでもメモもなしに「談話室滝沢」という名前を憶えていただけでも、オレとしては上出来だったかもしれない。カズは不愉快な気分を静めるために、自分にそう言い聞かせた。

幸い、交番は探さなくても、改札を出て地上に昇ったカズの目の前に出てきた。

雑居ビルの二階のその「談話室」は、昭和の匂いがする、古ぼけた和風の喫茶店だった。こんな店に好んで入る客がいるのか、と思いつつ、狭い階段を昇ってみると、思いのほか広い店内は、思いのほか埋まっている。土曜日の午前中だというのに、何をしている人々なのか。従兄弟は青い紙袋と言っていたが、この店内でそんな目印を探しまわるのは、かなり無様だ。カズは目の前に立った白いシャツに黒地のベストを着た店員に、すぐさま頼むことにした。

「すみません、湯川さんていたら、呼び出してもらえますか」

店員は「はい」とだけ答えて、カウンターの中に入って行った。ヒーンというノイズまじりの店内放送が鳴った。

「お客様に湯川様はいらっしゃいますか？」

右手の奥の方で、中年の男女ふたりが手を挙げた。

カズはできるだけ、ゆっくり歩きたかった。近づいていくと、四十代半ばの小柄な男が抹茶色のソファから立ち上がった。ツイードのジャケットの中にピンクのポロシャツを着ている。ちぢれた短い髪。ぎょろっとした目。この男がオレの従兄弟だというのか？　オレはあなた達のことなど知らない。

悪いクジを引き当てたような気分がまた、カズの中に蘇ってきていた。

「カズマくん、うわあ、こんな大人になってるんだねえ、背高いねえ。あ、これが妹の薫子、今は結婚して佐山薫子になっている」

やはり四十代半ばの眼鏡の女も立ち上がって、話しかける。

「憶えてないかしらねえ、あなたうちにいたのよ、夏の間」

「プールに連れて行って、大変なことがあったな」

「そうそう、いなくなっちゃって、もし溺れてたらどうしようって、探しまわったわ。あれは怖かったわ」

「どこにいたんだい、あの時」

「憶えてないわよねえ」

「三十分も探しまわっていなかったのに、急に出てきたんだよなあ」

もう座っていいタイミングだろうか。とりあえず、座ろう。黙ってソファを引き寄せて、腰をおろすと、ふたりも話をとめて座りなおしたので、カズは少しホッとした。

差し出されたメニューを見ると、コーヒーが千円もする。目の前のふたりはケーキまで食べているが、オレは早く帰りたい。店員に「コーヒー」とだけ告げてから、カズはようやく、ふたりに言葉を返した。

「すみません、よく分かりません。父からも聞いていませんし、桃乃井の家族のことはあんまり」

「あなたのお父さんはねえ、とっくに許してもらっていたのにねえ」

女がほのめかしたその話はカズも知らないではなかった。でも、もうどうでもいいじゃないか。親父は三年前に死んだ。親戚付き合いをしなかった親父をオレは賢いと思っている。だから、オレもそのままでいい。ともかく、早く話を聞いて帰ろう。カズはそれだけを考えることにした。

「まあいいよ、はい、これが私の名刺。長野で塗装業をやっています。それでカズマくんね、佐和子おばさんのことなんだけどね、佐和子さんは一番上の姉で、私たちの母親が二番目の真知子、あなたのお父さんの靖春さんは長男だけど、年の離れた末っ子だったんだよ。佐和子おばさんは戦前の満州生まれ。もう六十二くらいだな」

「そうね、佐和子おばさんはずっとおひとりなの。とってもきれいな人なのに。ピアノの先生をしてらしたわ。誰だったかしら、お弟子さんで一番有名になった人？　アメリカでジャズやってるっていう」

「うんうん、まあ、それで私もしばらく会っていなかったんだが、どうも行方不明のようなんだよ。捜索する人もいなかったから、いつから留守なのかも分からないんだが」

「暑中見舞いは今年も普通に来ていたのよ」

「そうだな、近所の人の話によると二ヶ月ほど前から空き家なんじゃないかと。で、先週、私が見に行ったんだけどね、中野の家を。業者に来てもらって、鍵開けて、いや、もう半分くらいは死んでるんじゃないかと思って、おっかなびっくり中に入ったんだが誰もいない。部屋はきれいにしてあって、ちゃんと出て行くつもりで出て行ったのかなあ。いろいろ見てみたんだけど、遺書があるわけでもないし。ともかく、どこか旅行に行ってるのか、どこかで事故にあったのか、皆目分からないんだが、そろそろ、誰かが警察に捜索願いでも出さないといけないと思ってね。で、カズマくん、私は長野だし、薫子は千葉なんで、あなたに手伝って欲しいんだよ。あのね、捜索願いを出してくれないかな、あなた」

「ええ？　僕が、ですか？」

カズは思わず低い地声で答えたが、昇はそのまま続けた。口が滑らかになっているのは、十分に考えてきたくだりだからだろう。

「あと、あの中野の家も空き家のままにしておくと、誰かが入り込んだり、放火されたりしかねないから、ちょっとねえ。近所の人も気にしているし、誰かが管理しないといけない状態なんだよ。まあ、これからタクシーで見に行ってみようか。時間はあるでしょ、カズマくんも」

「は、はい」

答えてしまってから、夕方まで何も予定がなかったことをカズは恨んだ。

大久保通りから中野通りを北上して、早稲田通りを少し越えたあたりの住宅街の中で、タクシーは止まった。

「ここからはちょっとだけ歩きます」

助手席に乗っていた昇はさっとタクシー代を支払い、左手の路地に早足で入っていく。カズは薫子と並んで付いていった。

路地の右側は少し土地が高くなっていて、その上に昭和の終わり頃に建ったと思われる灰色のコンクリート・マンションが暗鬱にそびえている。左側には安手の鉄骨造りアパートが二棟。そのひとつ先に黄土色のモルタル塗りの古い日本家屋があった。黒い瓦屋根の二階建て。低い生け垣で道路と隔てられているが、玄関の手前にほとんどスペースはない。玄関は磨りガラスの引き戸。道路から一、二歩で引き戸を開けて、中に入れるような家だ。

意外に小さな家だな。カズが自分の想像が誇大だったのに気づいた。親父は家から勘当されたということだった。その話をカズにしたのは美沙緒だったからかもしれない。本当は親父は旧家の御曹司で、しかし、学生運動の頃に祖父と決裂。勘当されて以来、家に帰っていない。美沙緒からそんな話を吹き込まれていた気がするのだが、目の前にあるのは小さな古ぼけた日本家屋だった。その家の回りだけ、すべてが昭和の半ばあたりでとまっているようにも思える、玄関の右手には、比較的新しい青い筒型の郵便受けが立っていた。昇が裏側の蓋を開けて調べるが、郵便物はわずかしか入っていない。

「広告ばかりだな」

昇は数枚のチラシをジャケットのポケットに突っ込み、引き戸の鍵を開ける。

「鍵はこないだ、中で見つけたんだよ。ちょっと開きにくいけどね、こうやって、少し持ち上げるようにすると、よし、開いた」

昇が薄暗い玄関の土間に入っていく。薫子に続いて入ろうとした時に、初めてカズは引き戸の脇の表札に気づいた。小さな木の表札に薄くなった墨で「桃乃井」と書かれている。奇妙な感覚だった。自分の名字を自分の知らない場所で発見するのは初めてだ。


玄関の板の間を抜けた先は居間のようだった。丸いちゃぶ台や背の低い簞笥、骨董屋にあるような黒電話が暗さに慣れてきた目の中に鈍く浮かび上がる。すべてのものが、とてつもなく古そうだ。二十型くらいの液晶テレビとヴィデオ・デッキ、そのちょうど真上にあるエアコンだけが、かろうじて、ここが現代だということを証明している。

昇が居間を抜け、縁側の板の間に進んで、木製のガラス戸を開けた。さらに、雨戸を二枚だけ横に滑らせると、暗い家の中に鮮やかな光が差し込んだ。縁側の向こう側は小さな庭だった。その庭を垣間見た瞬間に、カズはまた奇妙な感覚に囚われた。その小さな庭に、遠い昔、自分が立っていたことがあるような気がしたのだ。

「きれいにしているわねえ、佐和子おばさんは。こんな古い家なのに」

「こんな家、今はもうほとんどなくなっちゃったなあ」

「こっちの部屋でお弟子さんに教えてたのよね」

居間で話している薫子と昇から離れて、カズは縁側からもう一度、庭を覗き見た。あまり手入れはされていない殺風景な庭だ。汚いコンクリートの塀に囲まれ、奥の方には雑草が深く茂っている。

昇が居間の左側の引戸を開けると、そこは板の間で、黒い布をかぶったピアノが置かれていた。布の下から茶色の足が何本も覗いている。向こう側の磨りガラスの窓の下の作り付けの棚の上には、古い蓄音機と古いステレオセットが置かれ、その下側にはたくさんの楽譜集やアナログ・レコードが並んでいる。

ピアノの部屋はキッチンと薄暗い廊下に続く。廊下の途中には小さな納戸、奥には二階への階段があるようだった。

「二階もあるんですよね」

廊下の奥まで行って、階段の上を覗き込みながら、カズが聞くと、キッチンの方から昇の声がする。

「二階はほとんど使ってなかったみたいだな。佐和子さんひとりになってからは。おじいちゃんの遺品が置きっぱなしになっている。先週、ちょっと覗いてみたんだが、価値のある骨董もありそうだったよ」

薫子が付け加える。

「でも、二階は危ないわよ、窓の手すりが腐っているから、上がっちゃいけませんて、おばさんはいつも言ってた」

「オレはよく探検したよ。何十年も前の話だが。しかし、変わってないねえ、この家は」

ピアノの部屋に戻ってきたカズは、二、三分、家の中にいるだけで、なぜか、自分の気分が変わりつつあるのに気づいた。探検気分で面白く思えてきたのかもしれないが、いや、それだけではないだろう。行方不明だという伯母にも、会ってみたくなっていた。

「おばさん、本当にどこに行っちゃったんですかねえ？」

キッチンの方に声を投げると、昇が答えながら戻ってきた。

「そこらにある手紙とか、預金通帳とか、いろいろ見てみたんだが、どうにもねえ、手がかりがないんだよ。私たちも母親が死んでからはだんだんご無沙汰するようになっちゃって。たまには顔出さなきゃと思ってたところだったんだけどねえ。でも、もっと調べたら分かることはあるかもしれないよ」

「近所の人は何も知らないんですか？」

「このへんはマンションやアパートが増えて、住んでいるのは独り者や若夫婦ばかりになっちゃったから、近所付き合いはなかったみたいだなあ。でも、音楽をやっていたから、そっちの知り合いもいるはずなんだが。慕っているお弟子さんはいるだろうしね。はい、じゃこれ」

昇が鍵をカズに差し出している。

「えっ？」

「鍵は君に預けるよ。私はなかなか東京には来れないし」

「ああ、いや、僕もそんな暇がないんで、ここには来れないですよ」

「いやいや、桃乃井家の男はもう君だけなんだから。カズマくん、君が捜索願いを出してね、手を尽くして、佐和子さんを探して下さい。でもね、このままで七年経ったら、佐和子さんはもう失踪宣告できる」

「え、どういうことですか？」

「死んだということになるんだよ、法律上は。そうしたら、相続も行われるんだよ。その場合にはカズマくん、君が半分を相続する。私たちは四分の一ずつだ」

そう言うと、昇はカズの手に鍵を押し込め、縁側に戻って雨戸を閉め始めた。

2000100703

少し歩いて早稲田通りに出ると、ファミリー・レストランが現れた。

「じゃあ、ここでお昼を食べて解散しますか？」

薫子とカズが答えるのを待たずに、昇は階段をもう昇っている。ここまでは予定の行動なのだろう。

三人でファミレスのオレンジ色のビニールシートに座ると、カズはまたむず痒い気分になってきた。目の前のふたりと血が繋がっているなどという実感はまったくない。でも、オレたちはファミリーだから、ここでこうして食事をするのか。

カズはGジャンを脱いで、メニューを眺めた。なんでもいい。オムライスでも食べて帰ろう。

食事が運ばれてくるのを待たず、昇と薫子は話し始めた。

「ちっちゃな家だが、でも、このへんで三十坪もあればねえ、五、六千万円にはなるかな」

「もう、お兄ちゃんは。いきなり、そんな話して」

「いや、でも、こういうことは考えておかないと。あそこは昔からの借地でね、いずれは地主さんに返さないといけないんだが、それでも借地権が二、三千万円にはなる。家は無価値だから、取り壊すしかないけどね。で、もしもそれを相続することになったら、相続人は私たち三人なんだ。佐和子さんには子供はいないから、相続するのは兄弟だ。でも、私たちの母も、あなたのお父さんも先に死んじゃってるからね、一代飛び越して、私たちがおばさんから相続するんだよ。で、カズマくん、君が一番たくさん取る訳だ」

カズには話がよく分からなかった。

「どうしてですか？」

「君はひとりっこだから、お父さんがもらうはずの分をひとりでもらう。私たちは母親がもらう分をふたりで分ける。だから、君の半分しかもらえない」

「いずれはね、佐和子おばさんからの相続はそうなるのよ。でも、今はまだ生きているのかもしれないし、七年間は死亡したということにはできないんだから、相続のお話が出るのはずっと先のことね。でも、お兄ちゃんが言うように、こういうことは知っておいた方がいいかもしれないわ」

昇と薫子が学校の先生か何かのように思えてきた。先生たちがそういうのなら、そうなのだろう。

「だから、カズマくん、君が管理して欲しいんだよね、あの家は。警察に佐和子さんの捜索願いを出して、家の中で手がかりも探してもらって」

「いや、それは……」

カズが口ごもると、昇の目が険しくなった。

「面倒くさい、というのかい？」

しばらく沈黙が流れてから、昇は続けた。

「カズマくん、私は君にもちゃんと連絡をした。君には遺産相続の権利があるからね。いいかい、君は昔で言えば、桃乃井の家の跡取りなんだよ。君は私たちよりもたくさん相続をする権利も持っている。なのに、何もしないで、遺産相続の時に急に出てきて、もらう分はもらいます、というのでは困るんだ。それとも、相続を放棄するかい？　あなた？」

たぶん、昇はこういうやりとりになることも想定してきたのだろう。答えられずにいるカズと隣の薫子をゆっくり見やってから、テーブルに両手をついて、さらに続けた。

「放棄するんだったら、それで構わない。だが、しないんだったら、あなたが佐和子伯母さんを探して下さい。探しても見つからなくて、七年間経ったら、その時は私たちで遺産相続をしましょう。よろしくお願いします」

太い声で最後の一言を発すると、昇はいきなり頭を深く下げた。

薫子は一瞬、苦笑いしてから、一緒に軽く頭を下げた。

「はあ、はい、分かりました」

カズは頷きつつ、ポケットの中の渡された鍵を握りしめてみた。面倒なことに巻き込まれてしまったが、その鍵が手に入ったことには、少しだけ甘美な快感があった。

黄色い平行線

2000100801

キーホルダーの中に鍵をねじこんでみると、昨日のあの家に戻ってみたくなった。日曜の午後は暇だったので、カズは手ぶらで家を飛び出した。中目黒から渋谷、新宿を経由して中野まで。中野駅の北口から佐和子の家までは、歩いて十分ほどだった。

昨日、昇がやったようにして引き戸の鍵を開け、家の玄関に入ると、カズは電灯のスイッチを探してみた。すると、右の壁にスイッチがあるではないか。昇はなぜ、電灯をつけようとせずに、暗い中に入って行って、庭側の雨戸を開けたのか、訝しく思えてきた。

居間とピアノの部屋と納戸とキッチン、すべての部屋の電気を探し出して、一階を見て回る。明るくなった居間の鴨居の上には、祖父の遺影と思われるモノクロ写真が、黒い額縁に入れて飾られていた。ダブルのスーツを着てはいるが、皺だらけで生気の感じられない老人の写真だった。カズは一生懸命、見つめてみたが、感慨は湧かない。父に似ているようにも思うが、しかし、遠い人にしか感じられない。これから、その遠さを縮める術がある訳でもないだろう。

ヴィデオ・デッキの青い液晶はちゃんと時刻を映し出している。キッチンに回って、冷蔵庫を開けてみると、ペットボトルのミネラル・ウォーターが冷えていた。カズはそれをもらうことにした。冷蔵庫の中には、醤油や味醂やその他の調味料がきれいに並んでいる。しかし、腐ってしまうようなものは残されていない。

どの部屋も驚くほど、きれいに整頓されている。すべてが古めかしいが、余計なものがないせいか、現代的な硬質さも感じさせるレイアウトになっている。住人の趣味の良さが感じられる空間だった。何かの雑誌で、若い俳優が昭和レトロで埋め尽くした、こんな自室を自慢気に紹介していたのをカズは思い出した。

住人は長い旅行に出たのか、それともどこかで自殺するために出て行ったのか、いずれにしろ、何か不慮の事故などで、この家に戻れなくなっているのではない。ゴミひとつ残っていないキッチンを見れば、きれいに片付けものをしてから出て行ったのは確かだ。

昇はそこには気づいていないのだろうか？　カズはそれも訝しく思った。


二階にあがるのは気が引けたが、とはいえ、このまま帰ることはありえないのをカズは知っていた。ペットボトルの水で口の乾きを鎮めつつ、心を決めて、薄暗い階段を昇ってみる。階段には薄い毛布のような滑り止めの布が貼り付けてある。

階段はきしむ。階段脇には小さな明かり取りの窓があったが、二階の部屋は薄暗い。電気を探してみたが、見つけたスイッチを押してみても、電球が切れているのか、明かりはつかなかった。二階は二間あって、八畳ほどの板の間と日本間が続いている。日本間の方は電球自体が入っていないようだった。仕方なく、薄暗い板の間を抜けて、カズは庭に面した窓の雨戸を開けに行った。

雨戸を開けると、庭が見下ろせる。腐っているというのは、この窓の手すりのことだろう。カズはガラス窓を開けて、錆びついた金属の手すりを揺さぶってみたが、大丈夫そうだ。まだ落っこちはしない。

手のひらが錆で赤く染まった。ジーンズの腿にそれをなすり付けながら、カズはまた自分の奥で、奇妙な感覚が揺り起こされるのに気づいていた。ここから、この庭を見下ろしたこともあったような気がするのだ。あるいは、それこそはデジャヴと呼ばれるものにすぎないのかもしれないが。

窓からの明かりが差し込んだ二階の二部屋は、どちらも使われていないようで、埃っぽい熱気がたちこめている。

板の間には家具らしいものは木製の丸椅子がひとつあるきりで、あとは暖房器具や布団袋、何枚もの大きな額縁、沢山の木箱や段ボール箱などが雑然と床に置かれている。しかし、奥の日本間は対照的に整頓されていた。向かって奥には大きめの書斎机。左手には大きな本棚。脇の壁には格子の入った小さな磨りガラスの丸窓が開いている。その下には埃よけの布をかぶった大きな物が置かれている。

右側には雨戸の閉まった窓があり、その窓の下あたりにはもっと大きな何かが埃よけの布に包まれて、並んでいる。祖父の遺品というのは、この日本間に置かれている物達のことなのだろう。

カズは日本間に進んで、右手に置かれた布のひとつをめくってみた。埃が宙に舞う。現れたのは、小さな机ほどの大きさのテープレコーダーのようなものだった。隣の布をめくると、巨大な電気機器が何段にも積み重ねられている。

「すっげー」カズは思わず呟いた。

部屋の右奥の布の下は、胸の高さくらいある、沢山の引き出しが並んだ金属製の簞笥だった。埃に咳き込みながらも、カズはその布を全部はがした。

簞笥の一番下の引き出しを開けてみると、得体の知れない電気部品のようなものが詰まっていた。簞笥の上には工具箱や計器らしきものが沢山置かれている。ほとんどは軍需用品のようなくすんだ黒や鉛色のものばかりだ。しかし、ひとつだけ薄い緑色をした、丸みを帯びた電気製品がカズの目を捉えた。

それは鋳物でできた小さなスライド映写機だった。スライドを入れかえては、壁に拡大して映し出すものだ。持ってみると、小さい割にずしりと重かった。側面から二メートルほどの黒い布巻きのケーブルとACプラグが出ている。これが点灯すれば、電灯のかわりになるかもしれない。簞笥の脇にコンセントを見つけたカズは、プラグを差してみることにした。

プラグをコンセントに差しても、映写機に電源が入った様子はなかった。しかし、それは本体のスイッチを入れていないからだ、とカズはすぐに気づいた。右手にスライド式のノブがついている。

八畳間のほぼ真ん中に腰をおろし、カズはそのノブをずらしてみた。ふわっと周囲が明るくなった。何十年も電源が入ったことがなかったその機械の中を電子がめぐり、埃の焼ける匂い、松ヤニの匂い、そして、ほのかに甘い薬品のような匂いが、温かい空気とともに立ちのぼった。

スライド映写機の中には一枚だけ、スライドが入ったままになっていた。

何が写っているんだろう？

祖父の書斎机の上の何もない薄黄土色の壁にスライド映写機の明かりを当ててみると、そこにもやもやしたものが映し出される。しかし、焦点が合わないのだろうか？　不思議なことに、そのもやもやの中では何かが動いてるようだった。

カズは目を凝らした。それは横に平行に並んだ細い黄色い線なのが分かった。何本もの黄色い線がゆっくり上に向かって動いているのだ。

2000100802

背後から柔らかいもので後頭部を殴られたような、鈍い衝撃が走った。気がつくと、カズはエスカレーターの前にいた。目の前のゆっくり昇っていく黄色い線はエスカレーターのラインだった。

長いエスカレーターに乗って、上へと昇っていく。頭上からは甲高い喋り声の残響が降ってくる。どうやら、どこかの地下駅構内のようだ。少し上の方に女子高生が三人。マフラーを巻いた制服姿だが、ちょっと奇妙だ。スカートの中には短く切ったグレーのジャージを履いている。

時々、激しく視界が揺れる。大きく手ぶれするカメラを通した映像を見ているかのように。だが、視覚も聴覚も恐ろしくリアルだ。これは断じて夢ではない。

しかし、それは現実であるはずもなかった。エスカレーターに運ばれている身体からは、何の感覚も返ってこないのにカズは気づいた。全身に麻酔でも打たれたかのように、何の触覚も感じない。何一つ、自分の意志では動かせない。ただ脳の中心だけが覚醒して、周囲を観察している。そんな感覚だ。

恐ろしく暑い。が、その熱も脳の内側だけにこもっている気がする。オレは息すらもしていない。このままいたら、熱はこもり続け、オレは焼き切れてしまうかもしれない。カズは怖くなった。

改札を抜け、さらにエスカレーターに運ばれて、視界は地上へと向かっているようだった。しかし、エスカレーターの終わりで、上から眩しい光が降ってくると、すうっと、すべてがフェイドアウトした。真っ白い光の中にカズは放り出され、視覚も聴覚も消え去っていった。

静かな時間が流れた。肉体の呪縛から解き放たれた意識だけが、真っ白な空間の、素粒子の隙間に息を潜めている。

死ぬというのは、こんな感覚なんだろうか？　わずかな意識がそう囁いた。しかし、恐怖は安堵に変わっていた。

2000100803

天井板の木目の中に、自分を見下ろすいくつもの目があるように思えた。ここはどこだろう？　薄暗い部屋で大の字になって倒れている自分の身体を確かめつつ、カズは何があったのかを思い出そうとした。

麻酔にかかっていたような全身の感覚が少しずつ戻ってきている。オレはまだ生きているようだ。そう思いながら、カズは一度、目をつむった。そのまま深く息を吸いこみ、目を開いて天井を見つめてみると、気を失う前のことが思い出されてきた。ここは、あの家の二階だ。

静かだった。カズはゆっくりと身体を起こした。全身がじっとりと汗で濡れていて、肌寒かった。窓の外は夕暮れだ。暗い雲からは今にも雨が降り出しそうだった。一、二時間はここで気を失っていたのかもしれない。カズはわずかに残っていたペットボトルの水で、自分を落ち着かせた。

傍らにはグリーンのスライド映写機が転がっていた。だが、もうスイッチを押しても光らない。電球が切れてしまったのだろうか。ボディの上部をずらすと、小さな電球が覗いた。電球を回して外し、振ってみると、中でちりちり音がした。カズはそれをGジャンの胸ポケットにねじ入れた。

2001022101

目黒にあるレコーディング・スタジオでの仕事を終えた帰り道、リキは真新しい南北線白金高輪駅のエスカレーターを昇っていた。前には三人の女子高生。マフラーを巻いた制服姿だが、三人ともスカートの中には短く切ったグレーのジャージを履いている。あんなファッションは私が女子校に通っていた頃にはなかった。二十一世紀の女子高生ファッションなのだろうか。

地上に出たリキはそのまま家路につくか、それとも駅近くのスーパーマーケットで買い物をしていくか、少し迷った。まだ夕方の四時。スーパーは空いているだろう。それでも、ヴァイオリン・ケースを抱えて買い物をするのは難儀だし、今は何よりも先に、頭の中からこのメロディーを追い出したい。冷蔵庫には何かしら夕食を作れるだけの材料はある。今日はそれでいい。一度、スーパーに向いかけたリキは、信号待ちをしていた横断歩道を渡るのをやめて、家の方向に早足で歩き出した。

足早になった分、リキの頭の中では今日のレコーディング・セッションのヴァイオリン・パートが、それまでより少し速いテンポで回り出した。MDウォークマンを持って出るのを忘れると、仕事帰りには、こんな厄介なことになる。

今日のセッションも特に問題はなかった。だが、退屈な仕事だった。ヴァイオリン奏者のひとりが、私であろうと、そうでなかろうと、誰一人、気にかけない仕事だった。アレンジもありきたりなダイアトニックのメロディーがあるだけだった。

なのに、そんなセッションの後でも、頭の中ではそのメロディーが何時間もリピートしてしまう。とめたくてもとめられない。退屈な音楽に支配されるのは苦痛だ。音楽家になどならなければ、こんな苦痛を味わうこともなかったのに。

マンションのエレベーターを待つ時間ももどかしく、リキは部屋に急いだ。早くCDでも聞きたい。まったく別の音楽でこれを追い出したい。サンバを聞こう。ドアを開けると、すぐさま、リキは机の上に積まれたCDの中から、友人の絵美がくれたサンバのコンピレーションを探し出した。

コートも脱がずに、ベッド脇まで進んで、ミニ・コンポにCDを放り込む。クィーカやスルドのリズム、そして、大人数のユニゾン・コーラスが流れ出すと、さっきまでリキの頭の中を支配していた退屈なメロディーは跡形もなく、消え去って行った。たぶん、もう二度と帰ってくることもないだろう。遠い地球の裏側の、この逞しくも優しい音楽を奏でているサンビスタ達に、リキは感謝の気持ちで一杯になった。

ブラジルはこれから夏だろう。彼らに素敵な夏がやってきますように。

化粧を落とし、ベルガモットの香油を炊いて、アールグレーのお茶をいれる。一息ついたリキはサンバのコンピレーションを聞きながら、無音でテレビをつけた。チャンネルをいくつか切り替えると、ニュース番組になり、昨年十一月に起こった地下鉄事故の映像が映し出された。事故原因を調査していた運輸省の中間報告が出たというニュースだった。リキはCDをとめた。だが、テレビの音声をオンにする気にはなれなかった。しばらくニュースを凝視したリキは、無音のまま、またリモコンでチャンネルを切り替えた。

口臭抑制のサプリのCMが映し出された。アイドル・タレントの顔の回りにコミカルなCG映像が舞う。初めて見るCMだった。

2000101201

今日の収録は化粧品のCMだ。まだ十月だというのに、作っているのは二〇〇一年の春ヴァージョンだという。クライアントと代理店の人間がいつのまにか七、八人は来ている。まあ、オレとは関わりない。誰もオレの名前は聞かないし、オレも彼らの名前を知らない。呼びかける時は「あのー」とか「すみません」とか言うだけだ。ひどく不自然だが、それがここでのマナーなのだと、カズは考えることにしている。

ナレーションの録音が終わって、今は最終のMAに移るまでの休憩時間。十数人に膨れ上がった関係者達がロビーの大きなテーブルで、弁当を食い始めるところだ。全員、焼き肉弁当のワンメイク。カズは温かいお茶を用意する。お茶を入れ終わったら、ひとりだけスタジオに戻って、さっきのナレーションから細かいノイズ除去の作業をしなければならない。

コンピューター・ディスプレイに向かいながら、焼き肉弁当をかき込んでいると、西岡がやってきた。

「そのへんのノイズ、全部、きれいに掃除しといてくれよ」

「だいじょうぶです」

西岡はもう弁当を食べ終えたのか、カズの後ろのソファに座って、カズに話し始めた。

「アイツラはゆっくり食べるから、小一時間は始まらないだろう」

「でしょうね」

「そういえばカズ、オマエ、正社員になったんだって」

「はい、鈴木さんから、そうしないか、と前々から言われていて」

「そうかあ。でもオマエ、いつまでこんな風にここにいるつもりだ?」

「いや、そんなに先のことまでは考えてないですけど、とりあえず、この仕事、嫌いじゃないですし」

「そうか。でも、もし、カズが本当に録音の仕事をしたいんだったら、こんな感じでいつまでもってのはどうかな。ここの仕事だけしていても、これ以上、何のスキルも身につかないぞ」

西岡が言わんとすることは分かった。正社員になったところで、西岡がやめない限り、自分はアシスタントのままだろう。たぶん、西岡はこの先ずっと、ここをやめる気がないからこそ、カズに忠告したに違いない。

しかし、カズはそれでも良いような気がしていた。別に何がしたい訳ではない。今の仕事は楽だ。当分はこの仕事を続けて、週末が来れば、裕美と会って楽しむ。それでいい。でも、今週はその前に面倒なことを済ませてしまわねば。今、考えなければいけないのは、そっちの方だ。金曜日が休みのシフトになったというのに、明日は朝から警察に行かねばならない。

2000101301

早稲田通り沿いの野方警察署は佐和子の家から数分の距離にあった。警察署に行くのは、初めての経験だった。意を決して入ってみると、中はごちゃごちゃしていて、古い学校のように思えた。

話を聞いてくれた署員は不親切ではなかったが、結局、捜索願いは出せなかった。佐和子の顔写真や戸籍謄本を用意しなければいけないという。事情を話すと、まずは心当たりを十分に当たるように。話を聞く限りでは、犯罪や事故に巻き込まれたとは考えにくいので、警察として動けることはない。家族に分からないことは、警察にはもっと分からない、と諭された。もっともな話だった。

くたびれ損だったが、自分の名前で捜索願いを出さずに済んだことにほっとして、カズは警察署の階段を下った。昇はどこまで手続きのことを知っていたのか。顔写真や謄本が必要というのは知らなかったのだろうが、もし知っていて、カズに押し付けたのだとしたら、ひどい話だ。

しかし、昇や薫子が桃乃井姓ではないことを考えると、捜索願いはオレが出すしかなかったのかもしれない。署員もオレが桃乃井一馬だったからこそ、不審に思わなかったところはあるだろう。桃乃井家にはもはや佐和子と自分しか残っていないのだ。いや、もうひとり、美沙緒もいるか。美沙緒はそのうち旧姓に戻すのかもしれないが。

カズは歩きながら、携帯で美沙緒に電話することにした。

2000101301

美沙緒は桜新町にある自宅のマンションで、新しいアートフラワーのデザインを描いていた。

ファクス電話が鳴った。仕事の締め切りの催促かと思ったが、番号表示を見ると、カズからだ。どういう風の吹き回しだろう？

「あーら、珍しい。あなたの方から電話してくるなんて。お彼岸は過ぎちゃったわよ」

「ミサオちゃん、ちょっと話したいことがあるんだけれど」

「どうしたの？　でも、いいわよ、たまにはこっちに来る？　それとも中華料理でも食べましょうか？　新宿の野村ビルの上の桃花って憶えてる？　あそこ行きましょうよ？　いつだったら時間があるの？」

美沙緒とカズは翌日の土曜日に昼食の約束をした。

2000101401

ミサオちゃんと呼ばせたのは、父の靖春だった。家にしばしば遊びにきていたミサオちゃんをある日、いきなり、お母さんと呼べとは言えなかったのだろう。母親になっても、ミサオちゃんはミサオちゃんのままだった。カズが八歳の時だった。あの時、美沙緒は二十四歳だったはず。今のカズとほとんど変わらない年齢だ。

美沙緒と会うのは数ヶ月ぶりだった。父が死んでから一年半ほどは、カズと美沙緒はふたりで暮らしていた。美沙緒は造花のデザイナーの仕事を増やしつつ、カズが大学を卒業するまでは、母親と息子の関係を維持しようと務めていた。専門学校の教師だった靖春には遺産と呼べるほどのものはなく、保険のおかげでマンションのローンこそなくなったものの、美沙緒が精神的にも経済的にも大変だったのはカズも知っている。カズはとてつもなく感謝はしていたが、それ以上に引け目を感じざるを得なかった。バイトに明け暮れて、単位を落とし、大学を辞めてしまったのも、そのせいだったろう。

美沙緒はひどく怒った。だが、美沙緒に怒られて、だったら出ていく、とカズが宣言したからこそ、すべてのバランスが取れたのも事実だった。早く自活して出て行くしかないのをカズは知っていた。美沙緒のためにも、それしかなかった。

それでも、オレは美沙緒のことを母親、あるいは、それが不似合いだったら、最高の姉貴だとは思っている。血の繋がりなど関係ない。そう言い聞かせて、ここまで生きてきたのだ。

出ていく時には、美沙緒と一緒にアパートを探しまわった。自立のための金ももらった。結局、何から何までやってもらったようなものだった。家族と呼べる絆を持つのは、もはや美沙緒ひとりしかいないことをカズは思い知らされていた。

高層ビルの上の中華料理店は人気がなかった。赤い絨毯が敷かれた店内の一番奥のテーブルで美沙緒は待っていた。ひだひだのある柔らかい曲線で構成された凝った作りの黒いワンピースを着ている。美沙緒は今でも十分にきれいだ。手に職もある。センスも良い。そろそろ彼氏くらいいないのだろうか？

テーブルの脇の大きな窓からは大久保や中野のあたりが見下ろせる。美沙緒は一番高いランチコースを注文した。そんなに金を使わなくてもいいのに。カズは少し居心地が悪くなった。

「お墓参りは別に命日に行かなくたっていいんだよ。でも、年に一度は行きましょう。その度にゴハンは奢るわよ」

それぞれの近況を無難に伝える話がひとめぐりし、美沙緒がそんな話に及んだので、カズは本題を切り出した。

「親父のことって、オレ、実は知らないままだったことが多くて。桃乃井の家のこととかも。それでちょっと聞きたかったんだけれど」

「自分から話す人じゃなかったからね、あの人も。私に気を遣って、あまり話さなかったんだとは思うけど」

「こないだ、従兄弟だっていう人から電話があって」

「ああ、うちにもあったわよ。湯川さんでしょう？　あなたの電話番号を教えて欲しいっていうから、どうしようかと思ったけど、冠婚葬祭っぽい話だったから、教えちゃったわ。それで何だって？」

「一緒に桃乃井の家に行きました」

「中野のおうちね。私は行ったことがないけど。靖春さんもずっと帰ってなかったはずよ。おじいさまとは学生運動の頃に決裂して、勘当されたって。それ以来、一度も帰ってないって」

「でも、オレ、あの家には行ったことがあるみたいです」

「そうなの？　おかしいわねえ。あなたのお母さんと結婚した時も、報告にも行かなかったみたいよ、あの人は」

美沙緒から、そんな言葉が出るとは思っていなかったので、カズは言葉につまずいた。実の母親については、カズはわずかな記憶しか持たない。カズが小学校に上がる前に、彼女は消えてしまった。靖春と離婚。そして、離婚後すぐに病死してしまったとは聞いている。だが、それが本当なのかどうかも、確かめたわけではない。幼い頃に母方の祖父、祖母と会った記憶はあるが、母親が消えて以来、母方の親戚とのつきあいも消えてしまった。

今思えば、何かがあったに違いないが、ガキだったオレは、それ以上、疑問を掘り下げることなく、変化を受け入れていた。そもそも、受け入れるほかはなかった。

苦い記憶を持て余したカズは、早く話を終えたくなった。今さら、美沙緒とその頃の話をしたい訳でもない。美沙緒にとっても、楽しいことではないだろう。

「あのー、それで湯川さんが言うには、おばさんが行方不明らしいんです。佐和子さんというおばさん」

「一番上のお姉さんね。私は会ったことないわ。ピアノの先生しているって聞いたことはあるけど」

「やっぱり、ミサオちゃんに聞いても、手がかりなんて、ないですよね」

「そうねえ、私は桃乃井の家とはまったく関係ない人間だったから。でも、桃乃井一馬の母親ではありますよ、これからもずっとね」

美沙緒がいつものようにそこに辿り着いたので、いつものようにカズの中では引け目が膨れ上がった。ミサオちゃんはミサオちゃんでいいのに。そんな強くあろうとしなくても。これ以上、美沙緒にこの話をするのはよそう。カズはそう決めた。

2000101402

手がかりはやはり、あの家にしかない。美沙緒との昼食を終えたその足で、カズはまた中野に向かうことにした。リュックの中には、東急ハンズで買った小さなタングステン球を忍ばせてある。

雨が降ったのは一昨日のはずだったが、中野の家の玄関の屋根からまだ、ぽたぽたと水が落ちていた。排水溝が詰まってしまって、雨樋に水がたまっているのかもしれない。

郵便受けを覗いてみたが、チラシすら入っていない。引き戸を開けて中に入ると、カズはそのまま薄暗い階段へと向かった。が、階段を昇ってから、二階の灯りが切れていることを思い出した。スライド映写機用のタングステン球は手に入れてきたというのに、なぜ、普通の電球は買い忘れたのか。

庭に面した雨戸を開けてから、カズは畳の上に置かれたままのスライド映写機を手に取った。カバーを開けて、タングステン球を入れ替えてみる。現代のタングステン球でも良いのかどうかを案じていたが、どうやら問題はなさそうだ。

部屋の真ん中に腰を下ろし、映写機を両手で抱えたまま、スイッチを入れる。小さなブーンという音とともに、あの匂いが立ち昇ってくる。祖父の書斎机の上の空間に明かりを向けると、再び、壁がもやもやと溶けはじめた。

柔らかなピアノの音楽が聞こえていた。

気がつくと、カズは地下鉄の車内に座っていた。いや、違う。カズは座っている誰かの中にいた。この前と同じだ。視覚と聴覚は恐ろしく明晰だが、触覚はまったくない。というよりも、肉体の存在自体を感じることがない。視線すら、自分の自由にはならないので、視界がしょっちゅうクラクラする。

それでも、揺れ動く視界の中で、何か一つの対象に強く注意を向ければ、意識の中でそれを見ることができることに、カズは気づいた。

いったいオレは誰の中に入っちまってるんだろう？　脳の中心だけが痺れたように熱くなる感覚の中で、カズはそれを考えた。向こう側の車窓に映る自分の影に注意を向けてみたが、目の前に座ったスーツ姿の中年男の上半身が邪魔だ。時折、男の上半身が揺れると、女の長い髪がちらちらするだけだった。しかし、その見えそうで見えない誰かが、若い女なのは確かだろう。

女なのか。そう思ったら、カズの中で恐怖が増してきた。これこそは気が狂ったということなのではないか。誰か知らない女の中に、オレは閉じ込められている。早くここから抜け出したい。恐怖が好奇心をはるかに上回って暴れ始め、カズは叫びたくなった。駆け出したくなった。しかし、カズには肉体がなかった。

女は下を向いて、黒い布製の鞄から何かを取り出そうとしている。夏の服装だ。紫色のキャミソールの上に、薄手の白いカーディガンを着ているようだ。鞄の下にはヴァイオリンのケース。恐ろしく古そうな黒い革製のケースだった。

女を観察できるようになって、カズは少し落ち着いた。胸元のきれいな白い肌が視界に入る。細い指が鞄の中からノートを取り出す。女性にしては、爪が短く切り込まれているのに、カズは気づいた。

取り出されたノートは譜面だった。しかし、奇妙な譜面だ。五線譜には小節の区切りがない。区切りがあったところで、カズは譜面を読める訳ではなかったが。

しばらく視線はその譜面の上を細かく動くだけになった。一、二分して、女は譜面を鞄に戻し、かわりに携帯電話を取り出した。ディスプレイを開いた女は、親指で素早い操作をして、保存されていた地図を呼び出した。パールカラーの携帯のボディは薄く、カラーの液晶は雑誌で見たN502itよりもさらに大きかった。それが何世代か後のモデルであることをカズは直感的に理解していた。

2000101403

意識を取り戻すまで、今日はあまり時間がかからなかったようだ。せいぜい十分くらいだった気がする。以前と同じように、最後はエスカレーターの途中で、すべてがフェイドアウトした。そこから自分の肉体に戻ってくるまでの真っ白な時間の中に、セックスのそれにも似た快い疼きがあるのをカズは知った。

少し感覚の戻ってきた身体を起こす。カズは自分の持っている分厚い携帯電話を眺めた。視線に反応したかのようにヴァイブレーションが起こった。裕美からのコールだった。そろそろ痺れを切らしているのだろう。だが、カズは着信を無視した。この場所では、裕美と話をしたくなかった。

手早く家の戸締まりをして、阿佐ヶ谷に向かおう。コールバックは駅からでいい。

2000101501

幸いなことに裕美のマンションはさほど遠くなかった。阿佐ヶ谷駅の北口、駅から十二、三分、築二十年は越えるだろうマンションの一DKだが、東南アジアの布地をうまく使って、エキゾチックな装飾がされている。トイレの小物まで、統一したムードで揃えてあって、吉祥寺あたりのカフェのようだ。

この部屋で過ごす週末の夜は楽しい。裕美のインテリア・センスもあってか、柔らかな繭の中に包まれて過ごすような感覚がある。だが、今週末はあまり時間が残っていなかった。裕美の作ったスープとサラダとパスタを食べて、なんとなくテレビの格闘技中継を眺めながらなんとなくお喋りをして、夜明け近くにセックスをして、ふたりで寝るには狭過ぎるベッドで身をすくめて、しばらく眠ったら、もう日曜の朝になってしまった。今週は日曜が出だ。十一時までにオレは半蔵門のスタジオに出社しなければならない。が、この部屋を出ていくまでは、そわそわした素振りは見せずにいよう。カズは自分にそう言い聞かせていた。

「一緒に朝ご飯くらい、食べようよ。駅前の新しくできたベーグル屋行ってみない?」

バスルームから戻ってきた裕美はそう言うが、彼女が化粧をして、外に出られるようになるまでには、まだまだ時間がかかるのをカズは知っていた。

「うーん、でももう、あんまり時間なくなってきちゃった。もうちょっとでオレは行くよ。裕美はゆっくりしなよ」

ベッドの上で近くにあったカリンバを手にしながらカズは答えた。しかし、裕美はもうベーグル屋に行くと決めているようだ。意外に素早く下着姿からワンピースに着替えている。

「すぐ支度するから、もうちょっと待ってよ」

「でも、これからお化粧だろう？」

「もうちょっともうちょっと、五割仕上げで出ちゃうから」

しばらくカリンバを鳴らしてみるが、その小箱は退屈な音階しか奏でてくれない。することがなくなったカズは、化粧に集中している裕美に後ろから抱きついてみた。

「なにしてんのー」

裕美が手鏡の角度を変えて、鏡越しにカズを睨んだ。カズは気にせず、裕美のお腹に腕を回して、左肩の上から胸元を覗き込んでみる。昨日の地下鉄の女も同じくらいのバストだった気がする。

「Bカップだっけ？」

「それがさ、こないだ下着屋さんで計り直してもらったら、あなたCカップだって言われた」

「嘘つけー」

「ホント、ホントだってばー」

裕美とじゃれあいながら、地下鉄の女のバストサイズに思いを巡らせている自分をカズは滑稽に感じていた。

あの家の二階での経験は誰にも話すことができない。いつか、遠い未来には誰かに話すことができるのかもしれないが、今はまだ誰かに話すにしても、どうやって話していいのか分からない。何が起こっているのか、オレにも分からないままなのだから。

皆既日食

2003030401

三月になったものの、風の強い寒い日だった。有楽町でパスポートの更新手続きを終えた後、リキは銀座のデパートの地下で、宇治の煎茶を慎重に選んでいた。リキはお茶が好きだ。家ではコーヒーを飲まないかわりに、ひとりでは飲みきれない和洋のお茶を何種類も買い置いてしまう。煎茶はその中ではちゃんと消費されるもののひとつ。朝の眠気覚ましにも欠かせない。だから、これは無駄遣いではない、という理由をつけて、今日は百グラム二千円近いお茶を買ってしまった。

デパ地下の食料品売り場から地下鉄の駅構内へと続く天井の低い通路に出ると、リキはポーチからＭＤウォークマンを取り出して、いつものようにエリック・サティを聞き始めた。パスカル・ロジェの演奏するサティの作品集だ。

サティの音楽は周囲のノイズを遮断してくれる音楽ではない。むしろ周囲のノイズと混じり合う音楽だ。だから、こうやって毎日のように聞いていても、少しずつ違った聞こえ方がして、飽きることがない。このパスカル・ロジェのサティ作品集をリキは軽く千回以上は聞いているだろう。

改札を抜け、長いエスカレーターを下って、ホームに降りて行く。ほどなくやってきた日比谷線の車両は空席がふたつみっつ見えるほどには空いていた。だが、霞ヶ関では混み出すし、六本木ではさらに混むだろう。

もうすぐ六本木には、六本木ヒルズという巨大なオフィスタウンが完成するという。丸みを帯びた高層ビルは南麻布のリキのマンションの辺りからもよく見える。オープンは来月と聞いているが、すでに六本木駅の周辺には金の匂いに引き寄せられたビジネスマン達の興奮が漂っている。

混みはじめた車内で、リキの前に立ったサラリーマンが経済新聞を読んでいた。見出しは空前のドル高を伝えている。あの同時多発テロから一年半。アメリカは二つ目の戦争へと突き進んでいる。今日にもイラク攻撃が開始されるのではないかというニュースを見たばかりだ。戦争を始める愚かな国の通貨がなぜ、そんなに値上がりするのか、リキには仕組みが分からなかった。きっと、アメリカ自身もひどく傷つくことになるに違いないのに。

パスポートは更新したが、こんなドル高ではとても海外に行く気は起こらない。絵美を誘って、どこか国内旅行に出かけてみようか？　あるいは、今度はひとりで京都を旅してみるのもいいかもしれない。リキはそんな考えにふけった。

2000101701

地下鉄に乗っている若い女の中に、誰にも知られず滑りこむ。彼女の目を通して、周囲を観察する。自分が自分でなくなる秘密の味は恐ろしく甘美だった。

時間が許せば、仕事帰りにも中野の家に寄って、カズは不思議な体験を繰り返すようになっていた。大丈夫、危険はない。帰り道の真っ白な時間を何度か通り過ぎる中で、カズはそう信じるようになった。なかなか戻ることができないのが、じれったく感じられることはあったが、白い光以外、何もない空間の中で、自分の意識だけはそこにあるということを繰り返し確かめてから、現実の中に戻っていくと、自分が一回り大きくなったような気分にさえなる。

世界は巨大で、オレはちっぽけだと思っていたが、実のところ、オレが巨大だと思っていた世界なんてのも、はるかに巨大な世界の一断面に過ぎないんじゃないか。そんな醒めた意識をカズは日常の中にも持ち帰っていた。そして、それはカズの臆病さを少しずつ削り取っていた。


彼女の目を通して覗き見ているのが、今よりも少しだけ未来の世界であることは、明らかに思えた。新しいモデルの携帯電話。恐ろしく股上の浅い女の子のジーンズ。見たことないデザインのヘッドフォン。とはいえ、地下鉄の車両の中で目につくものの多くは、英会話学校の広告であったり、葬儀屋の広告であったりで、そんなには代わり映えしない。雑誌広告の車内吊りや、誰かが読んでいる新聞が視界に入った時には、カズは注意を振り絞ったが、揺れる視界の中で多くを読み取るのは難しかった。

だが、その日は違った。目の前に現れた経済新聞の見出しは、注意を集中しなくても、すっとカズの中に入ってきた。一ドル一三四・四八円。新聞の日付も読み取れた。二〇〇三年三月四日。あの真っ白な時間を越えて、これを記憶して帰ろう。カズはそれだけを念じた。

「二〇〇三年三月四日、一ドル一三四・四八円、二〇〇三年三月四日、一ドル一三四・四八円」

意識を取り戻したカズは、呪文のように繰り返しながら、家を飛び出すと、早稲田通り沿いのコンビニで、日本経済新聞を買った。経済新聞を買うのは初めてだったので、どの紙面に為替レートがあるのか、なかなか見つからない。コンビニの前のガードレールに腰掛けて、カズは紙面をめくり、ようやくレートを見つけた。今日の一ドルは一〇五・二二円。

「わーお」

思わず声が出た。二〇〇三年には今より三十円近くドルが高騰する。オレはそれを知っているのだ。

夜風が激しくなっていた。カズは両手を広げて、歩道を歩いてみた。遠い道の向こうから何かがやってくる。手のひらに当たる風の中に、カズはそんな予感を感じた。

2000101801

「カズ、このアール、受付に頼んで、ＲＭＧ佐藤様宛でバイク便出してもらってきてくれる？あと、コーヒーをお願いな」

西岡がカズに指示した。今日はＭＡスタジオにはクライアントが入らなかったので、西岡はふだんは吸わない煙草を吸いながら、コンピューターで細かな事務作業をしている。

アールというのはCD－Rのこと。最近ではこういうCD－Rでのやりとりが増えた。しかし、何十グラムかのプラスチック盤を送るのに、わざわざ三千円もかけるとは。RMGなんて地下鉄で二十分足らず。今日はオレはやることがほとんどないのだから、届けに行ってもいい。

だが、CD－Rがバイク便でアッという間に届くということが、この世界では重要なのかもしれない。受け取った人間は、そこで少しばかり、エリート意識をくすぐられる。何の特色があるわけでもない、うちのスタジオを使ってくれるかどうかは、担当者の気分ひとつなのだから、営業費用と考えたら、三千円のバイク便も安いものなのだろう。

そもそも、この職場は無駄なものを作り出しているだけだ。無駄のための無駄。それはそれで必要なものなのかもしれない。カズは封筒を作りながら、柄にもないことに考えをめぐらした。


スタジオの受付に封筒を預けにいくと、最近、派遣でやってきた太った受付嬢が一生懸命、化粧を直していた。薄いピンク色のスーツを着ているのが、この職場にはなんとも不似合いだ。

「すみません、バイク便、出して欲しいんですが」

「はい、宛先、そこにある伝票に書いといて」

受付嬢はほとんどカズの方を見ないで、化粧直しを続けた。彼女とオレとどっちが長く、この職場にとどまるだろう？　カズはそんなことを考えながら、西岡のために砂糖とミルクをたっぷり投じたコーヒーを作って、スタジオに戻った。

「先輩、ちょっといいすか？」

「なんだい？」

「やっぱり、もっとスキルつけるには、自分の家にコンピューター買ってやらないと駄目ですよね」

「そうだよ、今なら四、五十万円あれば、そこそこのものが揃うぞ。マックじゃなくてウィンドウズだったら、十万は安くできるな」

「そうなんですか？」

「そうだよ。別にこんなスタジオ使わなくても、本当はそれでできることばっかりになってきているのさ。それを言っちゃうと、うちは商売にならないけどな。だから、昔みたいに現場でスキルが身に付くって世界じゃなくなってきたんだよ。学生の頃から自宅でガンガンやる奴はガンガンやるし」

「でも、やっぱり四、五十万円はかかるんですねえ」

貯金と呼べるものはカズには十万円程度しかなかった。ここにいて、四、五十万円の貯金を作るのには、頑張っても一年半、いや二年はかかるだろう。といって、ローンは組みたくない。コンピューターをローンで買った学生時代の友人は、アッという間に価値の下落してしまったコンピューターのローンをこれから何年も支払い続けねばならないのを嘆いていた。

昨日のタイムスリップで得たドル高の情報が本当ならば、オレは二〇〇二年の三月には大儲けが出来るのかもしれない。あと二年半。西岡から少し離れたところにあるソファで、カズは電卓をはじいてみた。

例えば、十万円を今、一〇五円のレートでドルに換えると九五二ドル。二年半の後のレートが一ドル＝一三四・四八円になるとすると、円換算は十二万七千円ほど。カズはちょっとがっかりした。十万円をドルに替えて、二年半待っても、儲けは二万七千円。オレがもっと大きな元手を持っていれば、もっと儲けも大きくなるのだろうが。

カズは電卓をはじき直した。二百万円をドル預金にすれば、二年半後には五十四万円儲かる。二百万円貸してくれる人間なら、いないでもないかもしれない。

また、週末がやってきた。阿佐ヶ谷駅北口の真新しいベーグル屋のテーブルで、カズは裕美と遅い朝食を取っていた。

裕美の部屋で土曜の晩を過ごし、このベーグル屋で朝食を食べているのは、一週間前と同じパターンだ。裕美は気に入った店があると、繰り返し、そこに行こうという。たぶん、これから何度も同じ光景をなぞる朝があるだろう。

ガラス張りの店内は光に溢れていて、あと半日残ったふたりの休日の始まりとしては悪くないムードだった。ふたりのつきあいは規則正しい。裕美はカズがずるずると彼女の家にとどまることは許さなかった。カズのパジャマがわりの緑のラグビー・ジャージはもう洗濯機に放り込まれている。今夜は遅くならないうちに、それぞれの家に戻り、裕美はカズの痕跡がまったくなくなるくらい、きれいに部屋を片付けるに違いなかった。

オーダーが運ばれてくる前に、カズはそろそろ切り出すことにした。話題が話題だけに、なるべく、くだけた調子で話すのが良さそうに思えた。

「ね、じつはお願いがあるんだけれど」

「なーに？　なんか、ヤな予感」

「いやいや、良い話。ぶっちゃけていうと、お金貸して欲しいんだけれど」

「やっぱりー」

「いや、でもね、オレのために貸して欲しいっていうより、どっちかっていうと、一緒に儲けようって話なんだ」

「なーにー、もっと怪しい」

「お金貸してもらっても、何かに使っちゃう訳じゃないんだよ。あのー、ドル預金ってのをしたい訳」

「ドル預金？　どーしたのー、マネーゲームとか、縁がない男かと思ってたのに。誰かに何か吹き込まれたの？」

「いやいや、そんなんじゃなくてコレ。見て見て、利子も高いんだよ」

渋谷のシティバンクでもらってきた海外通貨預金のパンフレットをカズはリュックから取り出した。まったくもってカズらしくない行動に、裕美はよけいに訝しげな顔になった。

「オレすっごい確信があるんだよ、これからドルが値上がりするって。それも三十円くらい」

「なんで？」

「説明は難しいんだけれどさ、でも、ホント絶対」

「誰もそんなこと言ってないよ、うちの会社では。あのね、アタシがちょっとばかり貯金があるのは、OL生活七年間でコツコツ貯めてきたからなの。会社も変わらずに、ずっと同じつまんない仕事だけして。でも、今の世の中、そんな仕事だっていつなくなっちゃうか分からないし、へンなギャンブルはできないの。ドル預金なんて増えるかもしれないし、減るかもしれないものでしょ」

裕美は外資系の証券会社に務めている。どういう仕事をしているのかは、カズはよく知らない。給料は悪くなさそうだが、裕美の生活は二十七歳のOLにしては、慎ましい方だろう。少なくとも、カズと一緒の時間には、学生のような貧乏デートをしてくれる。女友達とはもっとパーッとやることもあるようだが、だからといって、カズに金のかかるデートを求めるわけではないのは助かった。裕美とのつきあいが楽なのは、彼女がそういう微妙な配慮に長けているからかもしれない。

裕美はどうやら百万円単位の貯金は持っているらしい。カズ相手にそんな話をすることはなかったが、一年以上も付き合っていると、話の端々からなんとなく分かった。だが、ドル預金のパンフレットを訝しげに眺めるだけの裕美の顔を見て、カズは後悔し始めた。年上の彼女の貯金をアテにするなんて、男としてはサイテーだ。これはそう判断されかねないことになっているかもしれない。

「ギャンブルじゃないんだよ。もっと確かな理由があるんだよ」

カズはむきになって、そう言い返したい言葉を飲み込んだ。確かな理由はある。オレの頭の中には。だが、いくら説明したところで、裕美にとってはオレの妄想に過ぎないものだろう。

オレの頭が狂い始めている。そう考えるのが、一番正しいのかもしれない。オレが覗き見てきた未来が、本当の未来なのかどうか、オレ自身、確証を持っている訳ではない。結局のところ、二年半経ってみなければ、オレはそれが本当かどうかを証明できないのだ。カズはそのことに気がついた。

2000102301

十月も後半になった。リキは二週間ぶりに佐和子の家にやってきた。いつものように青い郵便受けをチェックすると、今日は何も入っていない。二週間も経ったというのに、チラシも、電気料金やガス料金の領収書も入っていないというのは奇妙だった。裏に回らないと開けることができない郵便箱とはいえ、鍵はかかっていないから、郵便物が盗まれた可能性はある。もっと頻繁にチェックに来ないといけないのかもしれない。

休日の午後を潰してきたというのに、郵便物がないのでは、無駄足だったことになる。リキは引き返す前に、ちょっと庭を覗きたくなった。

家の玄関の左手は古い生け垣になっているが、玄関の右手は黒い鉄製の柵になっていて、小さな扉がついていた。扉は家の軒下と隣のアパートのブロック塀の間を縫う細い通路に続いていて、そこから庭に抜けられる。扉には真鍮製のダイヤル式の南京錠が付いているが、ダイヤルの番号をリキは知っていた。一五三九。子供の頃にイチゴミルクと憶えた。

ダイヤルは硬くなっていたが、一五三九に合わせると鍵は簡単に開いた。庭への通路は薄暗く、シダや雑草が茂っている。リキはいけない冒険をする気分で、通路を進んだ。庭に出る手前で、蜘蛛の巣が少し顔にかかったようだった。

現われたのはせいぜい十二、三坪の小さな庭だ。子供の頃にはもっと広く思えたが、昔は南側の隣家との境が低い生け垣だったからかもしれない。今はブロック塀とコンクリートの壁に囲まれ、外からは覗くことのできない隠された空間のようになっている。縁側から向かって左手の奥には笹の藪があり、その手前に葉肉の厚いもちの木が一本だけ植わっている。もちの木の下あたりから塀際にかけては雑草が茂っていて、紫色の花がぽつりぽつり咲いていた。

家の雨戸はすべて閉まっているので、ベヒシュタインのピアノがある部屋も見ることが出来ない。リキは少しがっかりした。が、空を見上げると、また不思議なことに気づいた。二階の窓だけ、雨戸が閉められていない。

リキが知る限り、二階の雨戸は締め切られていることが多かった。特に夏場は日が差し込むと、二階は恐ろしく暑くなってしまうと佐和子は言っていた気がする。だが、何か理由があって、佐和子は二階の雨戸だけを開けて、家を出ることにしたのだろうか？

リキはちょっと気味が悪くなった。二階に誰かがいるような気がしたのだ。それとともに庭に忍び込んだ罪悪感も首をもたげてきた。リキは足早に通路を抜けて、外の道路に戻った。


2000102302/2006061001

カズは祖父の書斎机の前でぼんやりしていた。下で物音がした気がする。庭に誰かがいるような気がして、窓まで行って見下ろしてみたが、もちろん、誰もいない。こんな古い家にひとりでいると、何か気配を感じてしまうものなのかもしれない。

天井の木目を見上げながら、カズは誰かが天井裏にいて、節穴から自分のことを覗き見ている図を想像した。

カズは本棚で見つけた黒い分厚い表紙の日記帳を机の上に広げてみた。本棚の下の方に横に積み上げられていた何冊もの日記帳は、触れると粉になってしまいそうだった。注意深くページをめくってみても、祖父の達筆な文字はほとんど判読できない。それでも、数冊のページをめくるうちに、カズはどうやら海外にいた時期の日記らしいものを見つけた。ベルリン、フランクフルト、ニュールンベルクといったカタカナの地名。日記には電気装置の回路図や外観のスケッチなどもあった。

カズは日記の束を本棚に戻した。祖父には興味を惹かれるが、残念ながら、これ以上、埃だらけの日記とつきあう根気は自分にはなさそうだ。

日記を戻したカズは何気なく、机の右手一番上の引き出しを開けてみた。すると、そこには彫刻の入った木箱が入っていた。ティッシュペーパーの箱より少し大きいサイズ。黒檀のような硬い材質だが、上面は幾何学的な模様の彫刻で縁取られ、中央には乾燥してささくれた黒い皮製の取っ手が付いている。手前側には真鍮製のエンブレム。箱を傾けてみると、「GRUNBERG V07」という刻印が読み取れた。

箱を開けると、中には長さ三十センチほどの円筒形のマイクが入っていた。くすんだ銀色をしている。とてつもなく古いものに違いなかったが、ボディには傷一つなく、錆びも見当たらない。手に取ってみると、ずしりと重かった。同じような大きさのコンデンサー・マイクをカズはスタジオで扱っているが、こんなには重くない。マイクからは二十センチほどの土色の布巻きのケーブルが伸びていて、先にキャノン・プラグが付いている。プラグだけは後で付け替えられたもののように見える。

カズはそのマイクを持って帰ることにして、ケースごとリュックに詰めこんだ。それからいつものように、スライド映写機を引き寄せて、スイッチを押した。書斎机の前の壁がいつものように、もやもやと溶け始めた。

いつものように、そこは地下鉄の中だった。いつものように、ピアノの音楽が聞こえている。シートに座っている彼女は今日はアースカラーのジャケットにジーンズのようだ。ヴァイオリン・ケースは持っていない。向かいのガラスに時おり、彼女の顔が映りそうになるのだが、今日も人の陰になって半分ほどがちらちらするに過ぎない。

地下鉄は千代田線、空き具合からして、平日の午後のようだった。霞ヶ関で乗り込んできた男が、斜め前のシートに座って、ずっとこちらを見ているのにカズは気づいた。カズより少し若そうな学生風の男だった。溜池山王あたりで男は携帯電話を取り出したが、携帯の画面を見るような仕草をしながら、やはり、こちらにちらちらと視線を投げている。

だんだんカズは気色悪く思えてきた。あるいは、男はオレがここにいることに気づいたか、そうではなくても、何かおかしいと思って、こっちを見ているのではないか。一瞬だけ、そんな考えがよぎったが、男の目の中にあるのは、車中で見つけたきれいな女への興味以外の何者でもなかった。

彼女はまったく気づかないのか、それとも、気づいてはいるが、このぐらい見られることには慣れ切っているのか、男の方角に視線を投げ返すことはない。目の前の初老のサラリーマンの方をぼんやりと見ているだけだ。今日はずっと、考えごとでもしているのかもしれない。

「見るんじゃねーよ」

カズが悪態をつくと、男はそれが聞こえたかのように立ち上がって、ドアの方へ向かい、折り際に、もう一瞥だけ、こちらに視線を投げてから、乃木坂で下車して行った。美人というのは一日中、こんな感じなのだろうか。うざったらしくはないのか、それとも、あんな視線を集めることが快感なのか。よく分からないまま、カズは居心地の悪い後味を抱えた。

表参道で乗客が増えて、隣の席に若い長髪の男が座った。その男が読んでいる大判のフリーペーパーが視界に入ると、カズはそれに興味を惹かれた。黒い月の影の回りに太陽のフレアが広がっている写真。カラフルなテントのまわりで、カラフルな群衆が踊っている写真。注意を集中するうちに、トルコで行われた「ソウル・エクリプス」というレイヴ・パーティーの記事だというのが分かってきた。カズはさらに集中した。皆既日食をめあてに、世界中から人々が集まったパーティーだとある。

いつの皆既日食なのか？　視界が揺れて、そこまでは読むことはできなかった。彼女は席を立ったのだろう。車内吊りが目の前に迫ってきた。頭上のギリシャ彫刻の写真を彼女は見上げている。その「ルーブル美術館展」の広告には、二〇〇六年六月十七日から、と開催日が書かれていた。

地下鉄のドアがあく直前に一瞬だけガラスに、彼女の顔が映った。髪の長い美しい女だった。年の頃は三十歳前後に思えた。

カズは翌朝が待ち遠しかった。仕事に出る前に、調べものを済ませたい。広尾駅近くの有栖川公園の中にある都立図書館まで、カズは自転車を飛ばした。たぶん、自宅の近所にも図書館くらいあるはずだが、思いつく図書館は都立図書館だけだった。それも大学時代に付き合った一つ年上の彼女が卒論のための調べものに通っていて、その帰りにきれいな池のある公園で何度かデートしたおかげだった。

平日の午前中だというのに、図書館に人が多いのにカズは驚いたが、四階の自然科学書のフロアまで昇ると、そこはほとんど人気がなかった。皆既日食について書いてある本を探して天文学の棚へ。だが、分厚い天文全書などをめくってみても、難しそうな数式やグラフばかりが目につき、なかなか皆既日食についての記述は見つからない。

テーブルにつくのは面倒くさいので、カズは書架の間の床に地べた座りをして、何冊もチェックを続けた。そして、ようやく天文写真集の棚の中の「大宇宙ウォッチング」という書籍の中に、これから起こる皆既日食のリストを見つけた。

二〇〇〇年以降に起こる皆既日食は、二〇〇一年六月二十一日、南大西洋・アフリカ南部・マダガスカル、二〇〇二年十二月四日、アフリカ南部・インド洋・オーストラリア南部、二〇〇三年十一月二十三日、南極、二〇〇五年四月八日、南太平洋・パナマ・コロンビア・ベネズエラ、二〇〇六年三月二十九日、北部アフリカ・トルコ・ロシア南部。

「あった」

六年後にトルコで皆既日食が起こるのは本当だった。ついに確証をつかんだカズは、未来が自分の手のひらに乗っているのを感じた。

グリュンヴェルク

2000102402

ジーモン・ヴェルナーは成田空港から東京都内に向かうバスの中にいた。東京を訪れるのは、二十年ぶりだろうか。かつて、彼の在籍したロック・バンドは一度だけ、日本公演を行ったことがある。あれは一九八〇年だった。ツアーの直後にバンドは実質的に崩壊したのをジーモンは思い出した。

五十代になって、また東京に赴く理由ができるとは、思いも寄らなかった。だが、ある日、ロンドンの知り合いを通じて、打診があった。日本の若いロック・バンドが彼にプロデュースを依頼したいと言っているというのだ。ヨーロッパでもジーモンはこの十年間に数えるほどのプロデュース仕事しかしていないというのに。

しかし、ジン・イシダというそのバンドのリーダーは本気だった。一九六〇年代からのジーモンの活動をイシダは知り尽くしていた。ジーモンの実験的な音楽手法のすべてを愛していた。短波ラジオで受信した世界各地の音楽の断片をコラージュして、奇妙なエキゾチシズムを持つ音楽を産み出したり、マスターテープを切り刻み、ランダムに貼り合わせて、人間には発想できないような、ねじれた時間軸の音楽を産み出したり。かつてのジーモンのそんな実験は、ある意味、音楽がデジタル化されていく未来を先取りしたものでもあった。昨今ではコンピューターを駆使して、多くのミュージシャンが同じようなことをやっている。だが、一九七〇年代以前に、手間ひまかけたアナログな手法でそんな荒唐無稽な試みをしていたミュージシャンは、世界中を見渡しても何人もいなかった。

イシダは自分達と一緒に、そんな実験をまたやってくれないか、と言う。どんな結果になるかは想定していない。予想を超えるハプニングを期待しているという。何度かのメールのやりとりの後、ジーモンは東京で二週間、イシダのバンドとスタジオで働くことを承諾した。

イシダが送ってきた彼のバンドのＣＤは、実のところ、さしてジーモンの興味を惹くものではなかった。ダブっぽいエフェクトを加えたスローテンポのヘヴィ・ロックが多かった。思うに、彼らは自分にプロデュースを依頼するよりは、シカゴのスティーヴのところにでも行った方が良いのではないか。

だが、東京で何か予期しないことが起こりそうな気はした。結果を案じるのはジーモン自身のフィロソフィーに反する。身一つで起こることを楽しみに行こう。ジーモンはそう考えることにして、飛行機に乗った。

夕暮れの高速道路は陰鬱な灰色に支配されていた。二十年前も同じようだった記憶がある。ホテルまで、まだ一時間はかかるだろう。ジーモンはもう少し眠ることにして、窮屈なバスのシートの中で、長いフライトでこわばった身体を斜めに傾けた。

2000102701

急がないと、ちょっと遅刻するかもしれない。リキはエレベーターを使わずに、三階からマンションの階段を駆け降りた。仕事のある日はヒールのある靴で出ないとならないことが多いが、今日は久しぶりにお気に入りのフランス製ローファーを履いている。外に出ると、柔らかい光と風が気持ち良い。こんな午後に平日デートとは、なんと贅沢なのだろう。

広尾駅まで早足で歩き、日比谷線で恵比寿に出て、ガーデンプレイスの奥の方にあるオープンカフェに向かう。カフェに近づくと、広場に面したテーブルから、絵美が手を振った。絵美が髪をずいぶんとショートにして、カラーも明るくしたのにリキは気づいた。

チェロ奏者の絵美はリキの音大時代の友人だ。音大の二年生頃から仲の良い数人のグループの中のひとりだったが、卒業後、仕事場で一緒になるのは絵美ぐらいだ。ストリングスの仕事でチェロが足りないという時には、リキは絵美を推薦する。もちろん、絵美も同じようにリキを助けてくれる。絵美が近くにいなかったら、ヴァイオリン奏者として仕事を続けていくことを自分は諦めていたかもしれない。リキはそう思うことも多い。

「ごめん、絵美、待った？」

「だいじょうぶ。はい、これ」

「えっ、何？」

「京都のお土産」

「わあ、ありがとう、可愛い袋、何だろう？」

「あっ、家帰ってから開けて」

「えー？　何なの、何なの？」

「いや、くっだらないもんだからさ。食べ物じゃないから、腐ったりもしないよ。それより、このアイスクリーム、このメニューの中から好きに組み合わせて、オーダーするの。冷やした大理石の上で一つ一つ作るんだって。カリフォルニアで流行っているらしいんだけど」

「えっえー、何これ、モジョ・アーモンド・ファッジって。このヴァニラ・ストロベリー・チーズケーキもいいかなあ」

絵美の見つけてくる新しい店は、いつもリキをこんな風にはしゃがせる。


京都出身の絵美はリキよりもひとつ年上だ。リキと学年が一緒になったのは、高校時代にドイツ留学経験があり、一年だぶっていたからだった。

京都の人は芸術に敏感に思える。東京の郊外や千葉で育ったリキはそんな風に感じていた。絵美のアンテナは幅広く、クラシックばかりでなく、いろいろな音楽を聞く。ジャズやブラジル音楽にも詳しいし、ドイツのロックが好きだともいう。最近、人気が出てきた京都出身のロック・バンドのリーダーとは、高校時代に同級だったそうだ。

絵美は夏に苗場で開かれたロック・フェスティヴァルで、そのバンドのステージにチェロで参加した話をしている。ふだんの絵美のお喋りには、ほとんど京都弁が顔を出すことはないが、石田くん、というそのリーダーの名前を呼ぶ時だけは、イントネーションが急に関西風になるのがリキにはおかしかった。

「そういえば、桃乃井先生ってどうしてるの?」絵美がふいに聞いた。

桃乃井佐和子はリキの子供の頃からのピアノの先生だった。小学校に上がってからは、ヴァイオリンのレッスンが主体になったので、ピアノのレッスンは中学入学前に一度やめてしまった。だが、音大受験の前に再び佐和子にピアノとソルフェージュのレッスンを受けるようになり、音大に入っても、それは続いた。月に二回のそれは次第に、ピアノのレッスンというよりは、レコードを聞いたり、作曲の理論について話し合ったりする自由な時間になっていった。大学時代には絵美も何度か一緒についてきたことがある。

「佐和子さんはヨーロッパ放浪中」

リキはそう答えたが、答えてから、佐和子の帰国が遅れているのを思い出した。

「なにそれー。どこ行ってるの」

絵美はぱっと目を輝かせ、聞き返した。

「ドイツ、フランス回って、先週はチェコだったかな」

「すごーい。だって、先生いくつ？　もう六十越えたでしょう？」

「うーん、ワイルドな人だから。コンサート三昧みたいだよ。プラハで小林研一郎さんがチェコ・フィルハーモニーを指揮するのを見るって、手紙に書いてあった」

「うわー、羨ましい」

「佐和子さん、コバケンさんの古いお友達なんだって」

「そういえば、同じくらいの歳かあ」

「あと、先生のお父さんは戦前にドイツに留学していたんだって。お父さんのいた場所を訪ねてまわるって言ってたな」

「そうかあ、なんか育ちが違うなあとは思ったけど。佐和子さんって。どっか日本人離れしてるよね。ディートリッヒとか、ああいう昔の女優の凄みみたいのがあって。で、いつ頃帰ってくるの？」

「それがね、本当は今週には帰ってきているはずだったんだけど、まだみたいなんだよ」

「そうなの？」

「うん、留守の間、たまに郵便物だけチェックに来てって頼まれてるんで、時々、家は見に行ってるんだけどね」

「そうか、リキは佐和子さんの最後のお弟子さんだもんね。ねえねえ、私もまた遊びに行きたいなあ、あの素敵なおうち」

「行こうよ、行こうよ、先生が帰って来たら、土産話でも聞きに。佐和子さんも会いたがっていると思うよ」

佐和子と絵美がフルトヴェングラーの話で意気投合し、随分と遅い時間まで佐和子の家で話しこんだ日があったことをリキは思い出した。あの時はリキはちょっと置いてきぼりの気分だった。あれは何年前だったろう。

2000102702

西岡とカズの仕事はその日も退屈な編集作業やコピー作業だった。西岡はコンピューターの操作をカズに任せ、後ろのソファでスナックを何袋も開けながら、写真週刊誌を読んでいる。こんな生活を十年、二十年と続けたら、そりゃあ太るはずだ。

今日は楽々、七時には帰れそうだった。それまではコンピューターに仕事させつつ、ふたりは無駄話で時間をつぶすしかない。

「先輩、夢ってよく見ます？」

「見る、かなー。起きると忘れちゃうのがほとんどだけどな」

「じゃ、夢によく出てくる女の人とかいます？」

「女？　女は出てくるけど、あれだな、そんなうまく、思うようには出てくれないな。こないだも、なぜか昔の女が急に出てきて、子供ができたって話されて、びびったもんな。夢で良かったーみたいな」

「そういうんじゃなくて、夢にだけ出てくる女の人は？」

「知らない女ってこと？」

「そうそう、実在するのかどうか分からない」

「そんなメルヘンはオレにはないなあ。なに、カズはしょっちゅう夢に出てくる美女がいるわけ？」

「いや、美女かどうかは、顔を見る機会がなかなかなくて」

「なんだ、それ？　身体だけ？　エロいなー、オマエ」

エロいと言われれば、知らない女の中に入っている夢ほどエロい夢はないような気がする。彼女の中に入って、彼女の身体を感じることはできないのか？　それができたら、いったいどんな感覚なのか？　カズはディスプレイに向かいながら、そんな考えの方に入り込んでいった。

彼女は自分より少し未来の世界にいて、彼女の目でオレはその未来を見ている。それは今朝、図書館で証明された。二〇〇六年にトルコで皆既日食は起こるのだ。

だが、彼女が何者なのか、なぜ、オレは彼女の中に入り込んでしまうのか？　なぜ、いつも地下鉄の中だけでそれは終わってしまうのか？　結局のところは分からないことだらけだ。もっとあの部屋での経験を繰り返せば、何か分かってくるのだろうか？


夕方の六時頃には終わりのめどがついたので、カズは祖父の遺品のマイクを西岡に見せることにした。物知りの西岡ならきっと、どれほどの価値があるものか判るだろう。

「先輩、ちょっといいですか？」と言って、カズがリュックからケースを取り出すと、西岡は予想以上の反応をした。

「なんだ、それ？　開けてもいいか？　うわ、でかいなー」

西岡は両手でマイクを撫で回した。

「どうですか？」

「古いよ、コレは」

西岡はさらに、マイクのメッシュの部分を明かりにかざして、見ている。

「あー、リボンだ。昔のリボン・マイクだよ、コレは。グルンベルグ？　いや、グリュンベルクか。たぶん、ドイツのだな」

「祖父の遺品の中から出てきたんですけれど、やっぱりドイツ製ですか？」

「それも作られたのは戦前。一九三〇年代か四〇年代じゃないか。凄い作りだなあ、このボディは」

「価値あるんですか？」

「こんなの今は絶対作れないだろ。たぶん、ヒットラーが演説に使ったようなマイクだよ。でも、ドイツでリボン・タイプは珍しいな。アメリカのものが多いから、リボンは。で、音は出るのか？」

「試してないです」

「ちゃんと音が出たら、これオマエ、激レア・ヴィンテージだぞ。ノイマンやテレフンケンのヴィンテージ・マイクには一本、百万以上するものもあるが、ひょっとすると、そのくらいの価値あるものかもしれない」

「そうなんですか？」

「そうだよ、音響工学なんてのは進歩しているようで進歩していないのさ。一九四〇年代、五〇年代のプロ機器が最高だ。こんなスタジオにある機材なんて、それに比べれば、おもちゃみたいなもんだ。どうしてだか分かるか？」

「いえ、新しいものの方が高性能じゃないんですか？」

「小さく、軽くはなっているけどな、音は昔のものの方が途方もなく良かった。なぜかというと、それは軍備の一部だったからだ。飛行機や潜水艦を作るのと同じように、国をあげてマイクや通信機を作ってたんだよ。コスト度外視で、今では使えない危険な素材まで使って」

「危険な素材ですか？」

「そう、命がけで作ってたんだよ。当時の通信機に使った真空管にはクリプトン85という放射性ガスを詰めたものまである。割っちゃったら、被曝だよ」

「うわ、そんなことあるんですか」

「それより試してみよう、このマイク」

そう言うと、西岡はすっとスタジオのブースに入って、マイクをスタンドの上に立てた。カズには何も指示せず、ケーブルもすべて自分でセットアップする。西岡はノリノリのようだ。

カズをブースに呼んで、マイクの前で喋らせて、西岡はミキシング卓を操作し始めた。だが、うまく行かないようだ。しばらく、あちこちをいじっていたが、結局、首を振って、カズをブースから呼び戻した。

「駄目だなー。蚊の鳴くような音しか出ないな。五十年は前のもんだから、もう中が逝っちゃってるのかもなあ」

「修理できないですか？」

「こんなの、修理できる人はもう残ってないだろう、日本には。一応、誰かに聞いてはみるけどな」

カズはマイクをケースに戻した。だが、しばらくはスタジオに置いておくことにして、「カズ私物」と書いたドラフティング・テープを貼り、備品の棚の上に置いた。

1902011901

GRUNBERG V07を作ったのは、ジーモン・ヴェルナーの母方の祖父にあたるウォルフガング・グリュンベルクだった。ナチへの協力者として記憶されている祖父について、ジーモンはインタヴューなどでも多くを語ったことはなかったが。

一九〇二年一月十九日にデュッセルドルフで生まれたウォルフガング・グリュンベルクは少年時代、母親の影響から音楽に強い興味を示し、とりわけピアノ演奏に特異な才能を示した。だが、音楽家を目指すことはなく、ベルリン大学で電気工学、音響工学を学んだ。卒業後はベルリンの放送局に勤務。クラシック音楽の録音から、ヴァルター・ベンヤミンの番組の音声まで、多くの仕事をこなす敏腕の技術者になった。

一九二八年、ノイマン社のゲオルク・ノイマンが世界初の真空管式のコンデンサー・マイク、CMV3を開発。ベルリンの放送局に持ち込んだ。それまでのカーボン・マイクとは桁違いの特性を持つCMV3の音質に感銘を受けたウォルフガングは、同年、ラジオ局を去って、ノイマン社に入社する。クラシック音楽の録音経験が豊富なウォルフガングをゲオルク・ノイマンは開発チームの一員として迎え入れた。

高性能のマイクの開発が、国家的課題として求められていた時代だった。ラジオが発達し、一九二九年、ニュールンベルクでのナチの党大会では、六万人の観衆を震撼させるPAシステムも登場した。しかし、ラジオも巨大なPAも、その力の源泉はマイクにある。人々は演説の内容よりも先に、マイクに乗った声の説得力に煽動される。プロパガンダを成功させる最大の鍵はそこにあると言ってもよかった。

少し遅れて、アメリカではＲＣＡ（レイディオ・コーポレイテッド・オブ・アメリカ）が一九三二年にリボン式のマイク、77Ａをリリースした。

リボン式のマイクも最初に発明したのはドイツのジーメンス社だったが、一九二八年に発表されたジーメンスのＥＬＭ24は、その古めかしい角形のフォルムや扱いにくさもあって、革新的なボトル型のノイマンＣＭＶ３の影に隠れた存在になっていた。

だが、ＲＣＡのリボン・マイク、77Ａは、ノイマンＣＭＶ３同様のモダンなボトル型のマイクとして登場した。音質もＣＭＶ３に匹敵する特性を持つものだった。リボン・マイクは真空管式のコンデンサー・マイクに比べると、出力が小さいのが欠点だったが、そのかわり電源を必要としないため、可搬性に優れていた。

これを見たノイマン社は高性能のリボン・マイクの開発をウォルフガング・グリュンベルクに命じた。ウォルフガングは妥協のない姿勢でそれに取り組んだが、結果を出すのは簡単ではなかった。リボン・マイクは構造がシンプルなだけに、素材とその加工技術にかつてない精度が求められた。一ミクロンより薄い金属リボンをどのような合金で作り、どのように張力を与えるか。その基礎研究だけでも二年では足りなかった。

一九三五年のベルリン・オリンピックまでに、RCA77Aを越えるリボン・マイクを開発するという使命を課されたウォルフガングのチームは、結局、それに応えることができなかった。ベルリン・オリンピックに間に合わないと分かった時点で、ノイマン社はリボン・マイクの開発を断念した。

世界初のテレビ中継が行われたベルリン・オリンピックは、そういう意味では、ドイツのマイクは真空管式のコンデンサー・マイクが主流、アメリカのマイクはリボン・マイクが主流というその後の流れを決定づけるイヴェントでもあった。両国はともに、高性能のマイクが、政治的、軍事的に大きな意味を持つことを知っていた。マイク開発の重要性は兵器開発のそれにも劣らなかった。

しかし、機動性が問われるオリンピックの実況では、ドイツは劣勢に立たざるを得なかった。電源を必要とする真空管式のマイクは野外での集音に問題を抱え、ベルリン・オリンピックの記録映画は編集時に一部の音声をアフレコせねばならないという失態さえ、世界に晒すことになった。

ノイマン社の決定に失望したウォルフガング・グリュンベルクは、オリンピックの年に同社を離れ、故郷のデュッセルドルフで通信録音機材のメインテナンスの会社を始めた。だが、彼はリボン・マイクの夢を諦めてはいなかった。

ノイマン社のコンデンサー・マイクのように電源を必要とせず、音質的にもそれを越える太さと抜けの良さを持ったリボン・マイク。誰よりもそれを欲したのは、国家元首となったアドルフ・ヒトラーに他ならなかった。演説の魔術師ヒトラーは、自分の声こそが、国家掌握の最大の武器であることを知り抜いていた。どんな場所でも彼の演説に最高の説得力を与えるリボン・マイクの開発費用をヒトラーはウォルフガングに拠出する。ウォルフガングはデュッセルドルフの工房で、その研究開発を続けた。グリュンベルク社のリボン・マイクで、ノイマン社をアッと言わせるのが、彼の悲願になっていた。

一九三八年、アメリカではRCAが77Aに続くリボン・マイク、44Bをリリースする。ハリー・F・オルソン博士が産み出したこのマイクは、音響工学の歴史を変えた傑作だった。同年、オーソン・ウェルズがラジオ番組で『火星人襲来』を放送。アメリカ中で百二十万人を越える人々が、本当に火星人が攻めて来たことを知らせるニュースだと勘違いしてパニックを起こしたが、その放送に使われたのも44Bだった。

人々を突き動かす説得力を持った声のトーン。それが歴史を揺らす時代だった。RCA44Bはそんな特別なトーンを産み出す力を持ったマイクだった。

ウォルフガング・グリュンベルクはその二年後に、ようやくV07の試作品を完成させた。型番のV07はヒトラーのドイツ労働者党の党員番号、五〇七に準じたものだった。ベルリンにV07を届けにいったウォルフガングは、この時、ヒトラー本人にも接見したという。

RCA44Bをも越えるべく、特殊な金属磁性体を使い、恐ろしく手のこんだ製法で作られたグリュンベルクV07は、量産されたならば、世界最高のリボン・マイクとして歴史に残っただろう。出力は44Bよりも高く、サウンドはより立体的だった。V07を通した声を聞く時、人はスピーカーの前に、その話し手の巨大な体軀を感じた。あるいは雄大な人間性を感じた。何百万、何千万という人間を突き動かし、熱狂させる特別なトーンを持ったマイクを、ついにヒトラーは手にしたのだった。

だが、ウォルフガングは少しだけ、仕事が遅すぎたのかもしれない。第二次世界大戦の戦況の変化とともに、グリュンベルク社がマイクを量産する体制を整えるチャンスは断たれてしまった。一九四三年までにグリュンベルクV07は十数本がハンドメイドで生産されたという。その大半はナチスとドイツ陸軍が所有した。そして、戦火が去った後には、ほとんどが残っていなかった。

2000102801

朝の九時に、据え置きの電話が鳴った。嫌な予感が当たって、また昇からだった。

ねぼけたままの頭で、カズは昇に捜索願いをまだ出していないことを説明した。捜索願いを出すには、佐和子の顔写真や戸籍謄本が必要なこと。まずは家族が心当たりを十分に捜し、手がかりを警察に持ち込まないといけないこと。早くそのことを昇に伝えなかったのはマズかったかもしれない。昇は嫌みっぽく、二年前の佐和子の写真なら、自分の家にある、と言った。

昇と話し合って、もう一ヶ月ほど待って、佐和子が帰ってこないようだったら、昇があらためて上京の機会を作り、捜索願いを提出するための手はずを整えるということになった。

「じゃあ、それでよろしくお願いします。はい。僕の方でも、さらに手がかりは探してみます」

面倒な話を終えて、ようやく頭が回り始めたカズは、この機会に昇に質問してみることにした。

「ところで、昇さん、オレ、知りたいことがあるんですけど、桃乃井のおじいちゃんって、どんな人だったんですか?」

「おじいちゃんは私が中学の時に亡くなっている。その頃は糖尿病で、目を病んでいてね。ちょうど、カズマくんが生まれた頃じゃないか？」

「オレ、一九七六年生まれです」

「じゃあ、生まれ変わりだよ。おじいちゃんはラジオ技師だったという話だ。優秀だったらしいよ。東大の工学部を出ている。戦前はドイツに留学していて、その後、満州に行った。映画の録音もしていたそうだ。ハイカラな人だったんじゃないかな。戦後は事業に失敗して、財産失っちゃったらしいが。でも、私もあんまり詳しくは知らないんだ。昭順さんはスパイだったんじゃないかって、うちの親父あたりは言っているよ。本当のところは佐和子さんが知っているだろうが、行方不明だしなあ」

「おじいちゃんって生きていたらいくつだったんですか？」

「確か一九〇八年の生まれだったから、九十二歳だな、そろそろ」

映画の録音か。カズの仕事場でもこないだ、海外のショート・フィルムに日本語の音声を加える仕事をしたところだった。しかし、オレのやっていることと、祖父のやっていたことは、どうもスケールが違いそうだ。祖父はオレの年には何をしていたのだろうか？　ドイツに留学していたという年齢だろうか？

給料日後の休日だった。出がけに通りかかった山手通り沿いのブックオフで、カズは急に思い立って、電気関係の棚を見てみることにした。天文関係の書籍と同じく、文系だったカズにはまったく縁がなかった世界だ。何か入門書を手に取ってみようと思ったが、自分が仕事で扱っているマイクやミキサーの構造について書いてある書籍がどれなのか、タイトルを眺めてもまったく分からなかった。「電気」と書いてある本と「電子」と書いてある本があるが、オレに必要なのはどっちなのか?

何冊かページをめくってみて、ようやく、これなら読めそうと思ったのは『誰でも分かる電子回路入門　アナログ編』という本だった。五百円なら買ってもいい。結局、ほとんど読みもしないかもしれないが、持っているだけでもいいだろう。

昼過ぎに高円寺で裕美と落ち合って、お茶をしたり、古着屋めぐりなどをした後、阿佐ヶ谷に移って、裕美が靴を修理に出すのに付き合った。夕方には裕美の部屋に戻って、ふたりは借りてきたヴィデオを見た。裕美が選んだ韓国のアクション映画だったが、想像に反して、とてもお金がかかっているのがカズにも分かる作品だった。血しぶきが飛ぶような映画を裕美が自分から見たいと言ったのも珍しい。裕美はどこでこの映画のことを知ったのだろうか？

今は裕美が料理を作っている。大久保で仕入れてきたという生のスパイスを使ったタイ料理だ。

「はい、あと十五分くらいでできますよー、今日はトムヤムクンとヤムウンセンとゲーンキョウワン」

カズはベッドの上で、今朝方に買った電子回路の入門書をめくっていた。タイトルには「誰でも分かる」とあるが、とてもじゃないが、オレには理解できそうにない。が、本を閉じようとしたところに、裕美が後ろから絡んできた。

「あれえ、何読んでいるの？　アンタが漫画以外、読むことあるの？」

「いや、ちょっと」

「何？　見せてよ。難しそうな本じゃない。電子回路？　どうしちゃったの？」

「いや、全然ちんぷんかんぷんなんだけれどさ、でも、もう少し、ちゃんと知りたいと思って」

まあ、その気持ちは嘘じゃない。読む根気が続くかどうかは別として。

カズは裕美の方に向き直って続けた。

「オレ、専門学校とか行ってないのに今みたいな仕事になっちゃったからさ、このままだと何やるにも、理屈分からないで、ただ、言われたことだけやっているだけなんだよ。それじゃ、つまんないだろ」

「わ、カズマ、なんかちょっと男だね、最近。頼もしいじゃん」

裕美が嬉しそうに目を細めて、カズの顔を覗き込みながら言った。

「別にそんなんじゃないよ」

裕美の反応が意外に大きかったので、カズは気恥ずかしくなって、違う話題に逃げたくなった。

「ねえ、あのさあ、女の人って、電車の中で何考えてんの？」

「えー、人によって違うんじゃない？　男は何考えているの？」

「あそこに座ってるあの子、可愛いな、とかかな」

「それなら女でもあるよ。可愛いだけじゃないけど」

「見てるんだ」

「見てるよ。でも、どっちかっていうと、女は女同士でいろいろチェックしてるんじゃないかな。人の着てるものとか、ちょっとした小物とかでも」

「なるほどね。じゃあ、裕美は男になってみたい、と思うことある？」

「私は別に男になりたくはないかなあ、大変そうじゃない、男の人って。あー、でも、男の感覚ってのがどういうものか、たまに体験はしてみたいかも。やっちゃってる時、どんな感じとかさー。ねえねえ、一度、入れ替わってみたら、面白くない？」

「そういう話じゃなくってさ」

「じゃあ、どういう話なの？」

「いや、なんか、よくワカンナイや」

「でもね、女も大変なんだよー。一度やってみたら、分かるだろうけど」

そう言って、裕美はキッチンに戻っていった。

カズはベッド脇に干してあったブラジャーを手に取って、自分の胸に当ててみた。女装願望というのは自分にはあるのだろうか？　そういえば、大学時代、海に行った時に、友人の彼女の服を借りて、男三人が順繰りに女装してみたことがあった。あれはひどい夜だった。でも、後にも先にもそれきりだ。最近、オレが体験していることを除くならば。

「何やってるんだよ、カズマ、やっぱアンタ、最近おかしいよ」

あきれ顔で裕美が振り返っていた。

裕美には分かるはずがない。オレが何を考えているかは。しかし、いつまでこんな状態を続けるべきなのだろう？　秘密を抱える息苦しさがカズの中では頭をもたげ始めていた。

ベヒシュタイン・ベイビー・グランド

2001091801

一週間前から世界はその前の世界とは変わってしまった。もう後戻りはできないだろう。それでも人々は同じように暮らしているように見える。暗鬱な気分を押し殺すようにして。

リキの気持ちも晴れないままだったが、それでも、今日は絵美と一緒の仕事だったので、少しリラックスできた。メジャーのレコード会社が売り出そうとしている新人の女性シンガーのプロモーション・ライヴで、女性ばかりのストリングスがバックを務めるという企画。絵美を通じてリキにも声がかかった。プロデューサーは絵美の旧友の石田仁というミュージシャンだった。挑戦的なハーモニーが凝らされたスコアを演奏するのは楽しかった。

お台場での仕事を終えると、リキと絵美は夕暮れ時のモノレールに乗って、新橋まで戻ってきた。海の上を不安な高さで走るモノレールが、リキをまたナーヴァスにしていた。絵美が大きなチェロ・ケースも抱えているので、改札を出たふたりはたくさんの人々に追い越されていく。エスカレーターで地上へと降りながら、すぐに無口になってしまうリキに絵美が言った。

「リキは引きずり過ぎだよ、どうしようもなかったじゃない」

「うん……」

絵美はずっと心配し続けてくれている。といって、絵美としても何が出来る訳ではない。そのもどかしさが伝わってくると、よけいにリキは返す言葉に困ってしまう。

「忘れられないんだね、リキは優しいから」

「うーん、そういうわけじゃないんだけど」

「じゃあさ、気晴らしに旅行でも行かない？」

「旅行？」

「行きたいところとかないの？」

そう聞かれても、リキには行きたいところが思い浮かばなかった。正直なところ、いまだに旅行に出かける気分にはなれないのだ。が、返事に詰まり、絵美との会話に空白ができてしまうのが、また、リキには辛かった。

「そっか」

　そのまま話題を変えそうだった絵美に、リキは急いで答えた。

「ううーん、じゃあ、絵美、京都に連れてってくれない？」

　そう言ってしまってから、リキは言った自分に驚いていた。

「いいよ」

　絵美は少し時間を置いて、リキの目を見て答えた。

「うちの実家に来てもいいし。実家は山奥の方だけどさ」

　どこかに出かけるとしたら、京都に行って、あの人に会ってくるしかない。それを果たさなければ、自分はいつまで経っても、今いる場所から動けないかもしれない。絵美の目を見ながら、今、リキはそのことをはっきり自覚していた。その答えを引き出してくれた絵美に感謝した。

「私、京都に会ってみたい人がいるんだ、実は」

「そうなんだ、じゃあ今度、相談しようよ。次は水曜日にリハーサルだっけ」

　絵美があえて詳しい理由は聞かずに、さらっと答えたのが分かった。ふたりは新橋の駅前に出ようとしていた。ここから絵美はＪＲ、リキは地下鉄だ。

「うん。じゃ、その時にまたね」

「じゃね」

ふたりはいつものふたりに戻って別れた。


リキが乗り込んだ銀座線の車内はすでに混んでいた。背の高いサラリーマンの間にリキは挟まれる。ヴァイオリン・ケースを持って混雑した電車に乗るのは辛い。リキはヴァイオリンを抱きかかえるようにしながら、車内吊りを見上げた。

写真週刊誌と男性向け週刊誌の広告が並んでいた。ひとつには高層ビルに飛び込む飛行機の写真が、もうひとつには崩壊するワールド・トレード・センターの写真が大きく飾られていた。


一週間前のあの日、レコーディング・スタジオにいたリキは、二度目の激突の瞬間をモニター・スピーカーの間に置かれたテレビで見てしまった。スタジオの中には十人ほどのミュージシャンやスタッフがいた。何人かがあーっと叫んだ。それまでは、テレビの音声は消されていたが、エンジニアが急いで音声をテレビに切り替えた。ブースに入っていたミュージシャン達も戻ってきて、全員がテレビに釘付けになってしまった。

プロデューサーはこれ以上、レコーディングを続けるのは無理だと判断して、今日はここで中止すると宣言した。だが、誰も帰ろうとはしなかった。リキも帰るに帰れなかった。家でひとりでテレビを見る気には、到底なれなかった。

だが、帰らなかったがために、ワールド・トレード・センターが崩壊する瞬間も、リキ達はスタジオのテレビとモニター・スピーカーの前にいた。巨大な質量に押しつぶされる命を感じたリキは、みんながびっくりするほどの声で泣き叫んだ。トイレに駆け込んで、嗚咽し続けるうちに、ついには吐いてしまった。

リキの異常なまでの反応に、心配したアレンジャーの古田が車で家まで送ってくれたが、古田は古田で、姉がニューヨークに観光旅行中だといって、重い顔をしていた。リキはとても申し訳なくなった。悪い物事があると、自分のせいだと思いがちなリキは、高層ビルの崩壊すら、どこかに自分の責任があるように感じていた。

車内吊りの写真を見上げながら、リキは自分の顎がまたぶるぶると震え出すのを必死でこらえていた。膨れ上がった罪悪感が身体を縛り上げ、満員電車の中で手すりに摑まることのできない不安定さが、底のない暗闇の淵に立っているような気分をかきたてた。早く忘れたい。そして、ここから逃れたい。リキはそう願った。

2000103001/2001091801

真っ白な空間に投げ出されながら、カズは脳裏に焼き付いた二枚の写真の意味を問いかけていた。

一年後の九月十一日にニューヨークでとんでもない事件が起こる。それは確かだろう。車内吊りの雑誌広告はどこを見ても、その記事ばかりだった。しかし、飛行機が超高層ビルに飛び込むなんてことが現実に起こるのか？　地下鉄の彼女が見上げていた、あの映画の特撮シーンのような絵が、未来の現実だと信じるのは難しかった。未来といったって、たった一年後のことだ。世界はどうなってしまうのだ？　その時、オレはどうするのだ？

たくさんの疑問符を抱えながら、カズは待った。なかなか自分の肉体の中に戻ることができないのがじれったかった。しかし、ここでは待つしかない。いや、だが、待ってもいけないのだ。待たねばならないことを意識すればするほど、ここではすべてが停止したかのようになり、何時間、何十時間にも感じられる白い時間が押し寄せてくるのをカズは知っていた。

カズが待つことをやめ、ただ意識が白の中に溶けていくのに任せると、生暖かい液体が満ちてくるような感覚がようやく目覚めを導いた。シャツの中は汗だくだった。起こした身体は鉛のように重く、疲労感で息をするのも億劫に思えた。今日は最初のタイムスリップの時に戻ってしまったようだった。

だが、カズはやめることができなかった。リュックの中から新しいタングステン球を取り出すと、まだ熱を帯びているスライド映写機のカヴァーをあけ、火傷しそうになりながら、電球を取り替えた。次はどれほど先の未来に出ることになるのか？　それは分からないが、カズは続きが知りたかった。

「もう一回」

カズはスイッチを押した。映写機の光に照らされた黄土色の壁をすり抜けて、また地下鉄の車内にスリップしていく。

地下鉄は今日も混雑していた。彼女は立ったまま、白い箱を操作している。それがｉＰｏｄと呼ばれる携帯音楽プレイヤーであることをカズは知らなかった。

彼女はダイヤルとボタンを数回、操作して、ビル・クウィストのエリック・サティ作品集をセレクトした。カズもすでに聞き馴染んだエリック・サティの「ジムノペディの第一番」が流れ出した。

視界が大きく揺れて、彼女が車内吊りを見上げたのが分かった。ファッション系の女性雑誌の広告だが「私たちも考えよう　地球温暖化の危機」という見出しが付いている。「最初に海に沈む国、ツバル」「十年以内に絶滅する動植物達」という見出しも目に入った。彼女はずっと、それを見つめている。

未来の女性雑誌はこんな話題を取り上げるようになるのだろうか？　それが何年後の未来なのか、カズは視界の中を探し回ったが、背の高い男達に阻まれて、判断材料になるような文字は見つけることはできなかった。

だが、今まで体験したタイムスリップよりも、さらに先の時代に出たことは間違いない。カズはそう思った。そして、その頃には地球環境の危機が世間の話題となっているようだ。

2000103002

身体は疲れ果てていたが、カズの頭の中では好奇心が沸騰していた。まだ開いている本屋はあるだろうか？　中野から新宿に向かう中央線の中で、カズは六本木に寄ろうかと考えた。六本木ならば、深夜まで開いている大きな書店があったはずだ。

新宿から六本木までは、丸ノ内線で霞ヶ関まで行って、日比谷線に乗り換えるしかない。終電までの時間を気にしながら、カズは地下鉄で移動した。

深夜だというのに、飛び込んだ本屋はとても混雑していた。広い店内で右往左往しながらも、カズは参考になりそうな三冊の本をピックアップした。とりあえず、それらしい本だったら、どれでも良かった。『グローバル化する国際犯罪』、『中東軍事紛争史』、『地球温暖化と環境外交』。全部で七千円を超えてしまう。クレジットカードを持っているのを確かめて、レジに向かおうと、雑誌売り場を抜けて行くと、ふいに黒いスーツを着た女性がカズに声をかけてきた。

「あーら、カズくん」

広告制作会社の女性ディレクター、藤崎だった。

「こんなところで会うなんて」

「ああ、藤崎さん、おはようございます」

「たくさん本、買うのねえ。高くない？　本って」

「そうですねえ。でも、オレ、滅多に買わないですから」

「私も職業柄、ネタ本は買わなきゃいけないんだけど、置き場所にも困るしねえ。でも、なんか難しそうな本じゃない。『地球温暖化と環境外交』？　こんなの読むんだ。こういうことに興味あるの？」

『地球温暖化と環境外交』をカズの手から取った藤崎は、心底、驚いた顔でページをめくっていた。

「いや、なんかヤバイ気がするんで」

「でも、男の人って、あまり興味示さないじゃない、環境のこととか。びっくりしたなー。ねえ、今度、そういう話しようよ。マクロビオティックのレストランとか行ってみない？」

「あー、はい」

マクロビオティックが何なのかは分からなかったが、藤崎の態度の急変ぶりに、カズはちょっとおかしくなった。まだ、オレは本を一行も読んでいないというのに。

2000110201

子供の頃から、カズは読書が得意ではなかった。たまに本を買ってはみるものの、気まぐれな拾い読みで終わってしまう。もっとも、本を買う人というのは、適当に拾い読みをした後、いつかちゃんと読むつもりで本棚に仕舞いこむ人がほとんどなのではないか。すぐに読破できる人ならば、本は買わなくても、いくらでも図書館で読めるではないか。

電子回路の本も、世界情勢の本も、環境問題の本も、わずかな拾い読みでは、頭に入ることは少なかった。しかし、藤崎の言っていたネタ本というのも、そんなものに違いない。読まなくたっていいのだ。リュックの中に本を一冊持ち歩いているだけで、カズの気分は明らかに違ってきていた。これまでに感じたことのない高揚感のようなものが芽生えていた。

カズは自分がまだ勉強したがっていることに気づいた。いや、まだではなく、初めて勉強をしたくなったのかもしれない。学生時代は美沙緒を失望させないように、最低限の体裁を整えるための勉強をしていただけだった。だが、今のオレは誰かのために勉強しているわけではない。オレはただ、もう少し知りたいのだ、オレを取り巻く世界のことを。

二十一世紀になるまで、あと二ヶ月しかない。少し前までは考えたこともなかった。世紀が変わって、世界も変わるなどということは。だが、どうやら大きな変化が待ち受けているのだ。世界は激しく変わり出す。オレはそれに備えなければいけない。何をしたら良いのかは分からないが、しかし、何もしないではいられない。

カズは職場でもノートを取ることにした。スタジオで日々、クライアントからどんなリクエストがあるか。リクエストがあった時に、西岡はそれにどう応えているか。これまでだったら、自分の持ち場とは関係ないと思っていたこともメモを取るようにした。仕事が早く終わっても、しばらくスタジオに残って、ひとりでメモの内容を再現してみたりした。

マイクの位置の一センチ、ミキサーのつまみの一ミリで音が変わる録音の面白さ、奥深さが、カズにも少しずつ分かってきた。西岡に訊かなくても、インターネットで検索をすると、必要な情報はたいてい手に入ることも分かった。終電ぎりぎりまで、仕事場でインターネットを見ている日が増えた。自分の務めるMAスタジオの「MA」がMulti Audioの略だというのもインターネットで初めて知った。カズはそれまでずっとMixing Audioだと思い込んでいた。

ただ、インターネットで検索しても、ひとつだけ、どうしても情報が得られないことがあった。祖父の残したGRUNBERG V07というマイクは、世界中のどこのサイトを探しても、そんな文字列すら見つけることができなかった。

しかし、どこかで情報を手に入れてきた西岡が、木曜日の仕事終わりにカズのところにやってきた。

「カズ、オマエがこの前、持ってきたマイク」

「はい」

「修理できる人いるって」

「ホントですか?」

「詳しい奴に聞いたら、日本にひとりだけ、残っているらしいよ。古いリボン・マイクでもリボン張り替えて、新品みたいにしてくれる職人さんが、京都にいるって。今度、連絡先も聞いてこようか?」

「うわー、ありがとうございます。お願いします」

カズは迷わず、そう答えていた。マイクの修理には結構な金がかかるに違いない。だが、もう後戻りはできない。後ろでドアが閉まったのなら、オレは前のドアを開けにいく。金なら何とかなるだろう。いや、もうすぐ、オレは金などどうにでもなる、のかもしれないのだ。

1908040301

桃乃井一馬の祖父、桃乃井昭順は一九〇八年四月三日に仙台で生まれた。豆問屋の次男坊だったが、成績優秀で、東大工学部に進み、卒業後は逓信省に入った。一九三三年に官費でドイツに一年間留学。エリート官僚への道を突き進んでいたかに見えたが、一九三六年に突然、逓信省を辞して、日活に入社した。ドイツで触れたトーキー映画やクラシック音楽の虜になっていた昭順は、学んだ技術を在野で生かすことを選んだのだった。

ドイツの新しい通信録音技術に触れた昭順を日活に呼んだのは、後に満映で李香蘭をデビューさせる制作部長の牧野満男だった。牧野は昭順が一九三五年に結婚した妻、文枝の遠縁に当たった。そして、牧野は昭順を満州へと誘う。

一九三八年、昭順は根岸寛一や牧野満男とともに満州に渡り、満州映画協会に入った。以後、七年間は首都、新京で甘粕正彦を理事長とする満映の録音技師として働いた。満映の映画の中で李香蘭が歌った歌のいくつかは、昭順が録音を担当したものだ。

ウォルフガング・グリュンベルクと桃乃井昭順が知り合ったのは、一九三三年のベルリンだった。ウォルフガングは当時、ノイマン社に籍を置きながら、クラシック音楽の録音現場でも働いていた。ウォルフガングの仕事に興味を持った昭順は、彼がノイマン社で新しいリボン・マイクを開発していることを知った。日本においても、リボン・マイクの開発は急務であると、逓信省時代の昭順は報告書に記している。

ノイマン社の真空管式コンデンサー・マイク、CMV3は素晴らしいマイクだったが、日本で同様のマイクを開発しようとすれば、マイクに内蔵するための小型真空管の開発、製造から始めなければならない。それに対して、リボン・マイクは電源や真空管を必要としないシンプルな構造だった。かわりに、極めて薄い特殊な金属リボンを扱うため、精度の高いクラフツマンシップが必要になる。

ノイマン社を去ってからもリボン・マイクの開発を続けたウォルフガングは、一九四〇年、ついにV07を完成させる。昭順は新京でその報を聞いた。それ以前に、日本は国産マツダのリボン・マイクを開発。満映もそれを保有していたが、ウォルフガングのリボン・マイクに賭けた執念を知る昭順は、彼に手紙を書き、プロトタイプとして作られた十数本のうちの一本を満映の潤沢な予算を使って購入した。届けられたグリュンベルクV07の持つ魔術的なトーンは桁違いのものだった。ごりっとした太さがありながら、音離れと抜けが良い。華やいだ雰囲気もありながら、シルクのように耳に優しい。ヒットラーの演説用に開発された、と聞かされていたが、これは優れて音楽のためのマイクだと昭順は感じた。

李香蘭の歌をこのマイクで録音してみたい。昭順はそう考えたが、残念ながら、グリュンベルクV07が届いた一九四三年にはもはや、その機会は残されていなかった。

戦火から遠く、物資の豊富な満州で、のんびりと映画作りをする日々は終わりに近づいていた。日米の戦況の緊迫化とともに、満映も娯楽映画よりも関東軍の意向を反映した時事映画への傾斜を強めていく。昭順は他の技師達にない音楽的な耳と音質へのこだわりを持っていたが、時代はもはや、そんなものを必要としなくなっていた。昭順はグリュンベルクV07を研究目的で購入したマイクとして保存し、一度も使わないまま、満映での仕事を終えた。

終戦の直前の一九四五年六月に昭順は日本に戻った。密かにグリュンベルクV07を携えて。妻の文枝と、新京で生まれたふたりの娘、佐和子と真知子が一緒だった。

ソ連軍の侵攻前に日本に戻ることができたのは、満州国の崩壊が近いことを昭順が感じ取っていたからではあった。真実からはほど遠いプロパガンダ映画を作らされる中で、関東軍によってでっちあげられた満州国が、いかに無理に無理を重ねた砂上の楼閣であるかを昭順は思い知っていた。満州に夢を求めた日本映画界の要人達は、一九四三年頃から次々に満映を去り、昭順を満州に誘った牧野満男も日本に戻った。一九四五年六月に根岸寛一も帰国することになった時、昭順は迷うことなく、根岸とともに満映を去ることにした。幸運なタイミングだった。あるいは、それは昭順の人生で最も賢い決断だったと言えるかもしれない。

帰国した昭順は日本映画社に迎え入れられたが、終戦の翌年には退社して、仙台に戻り、家業に加わった。一九四七年にカズの父親の靖春は仙台で生まれた。

そのまま仙台にとどまれば、生活は安泰だったが、しかし、すぐに昭順はそれには飽き足らなくなった。逓信省でのエリート・コースから外れたことを悔やまないで済む人生を昭順は必要としていた。

一九四八年、再び東京に出て、電気メーカーで職を得た昭順は、翌年には独立して、東昭電気を設立。電気部品の製造のかたわら、ドイツ留学時に得た知識を生かして、国産テープレコーダーの開発を企てた。すべてがテープに録音される時代が来ることに昭順は確信を持っていた。だが、資金難に陥って、開発は中断。その間に、東京通信工業や赤井電機が先を行ってしまった。

一九六四年に昭順は東昭電気を閉鎖した。新宿の家を売り払って、桃乃井家が中野に移り住んだのも同じ年だった。次女の真知子は前年に結婚している。

仕事一筋で、家族のことを顧みない日々はようやく終わりを告げたが、一九六八年、それまで昭順を静かに支えてきた文枝が癌で他界。一九六九年に昭順と靖春は断絶した。学生運動に身を投じた靖春は、昭順のそれまでの人生を強く非難し、文枝がいなくなった家には寄りつかなくなった。ふたりの姉が関係修復のために手を尽くしても、どうにもならなかった。

ふさぎこむことが多くなった昭順は、糖尿病を患って、晩年には視力の低下にも悩んだ。一九七六年に没するまで、昭順は佐和子とふたりで中野の家に暮らした。


クラシック音楽好きだった昭順は、佐和子を国立音大で学ばせた。一九六一年に国立音大を卒業した佐和子はピアノ教師になった。当時、ピアノ教師は不足気味だったので、仕事には困らなかった。音楽教室で教える仕事の傍ら、出張の個人レッスンも佐和子はたくさん引き受けた。だが、自宅を教室にすることは少なかった。理由のひとつは昭順がいることだったが、もうひとつには佐和子の自宅のピアノがレッスンには不向きだったこともある。

中野の家にあるピアノは一九二八年にドイツで製造されたベヒシュタインだった。佐和子はそのピアノを昭順の知りあいから譲り受けた。ヒトラーが「第三帝国のピアノ」と呼んだ戦前のベヒシュタイン。とりわけ、大恐慌以前に作られたそれは、独創的なクラフトマンシップによって組み立てられた特別なピアノだった。

佐和子のベヒシュタインはグランド・ピアノより小さいベイビー・グランド・サイズだったが、その反応の良さと響きの豊かさは現代のピアノでは絶対に得られないものだった。どんなに激しいタッチで、どんなに不協な和音を押さえても、ベヒシュタインの音色は濁ることがなく、透明な結晶体が躍動するかのようだった。それでいながら、余韻はまろやかで、静寂を引き寄せる力にも富んでいた。ピアノという楽器が鳴っているというよりは、ピアノが置かれている部屋の空気全体が生き物のように震えている。そんな風に感じさせる楽器だった。

残念ながら、第二世界次大戦が終わった時には、ベヒシュタインの工場施設は破壊し尽くされていて、戦後に復活したベヒシュタインのピアノはもはや、かつてのそれとは構造も違えば、音もまったく違うものになっていた。

しかし、逆から言えば、黄金時代のベヒシュタインは現代のピアノとはかけ離れた楽器でもあった。現代のピアノを演奏するための技術と、古いベヒシュタインを演奏するための技術は違わざるを得なかった。ヤマハやカワイのピアノを自宅で弾く生徒に、ベヒシュタインを使ってレッスンをすることに、どんな意味があるというのだろう。

だから、佐和子はベヒシュタインをレッスンには使わなかった。ごく限られたお気に入りの生徒と接する時を除いては。

デッドアイ

2000110401

大学時代に買った深紅のクロスバイクはもはや傷だらけだが、カズは久しぶりに入念に手入れをした。緩んでいたサドルを締め直し、ホイール回りに潤滑剤のスプレーをしてから、磨き上げる。最近は見かけることが少なくなったサスペンションなしのクロモリ・フレームをカズは気に入っている。天気の良い土曜日。風の中を駆け出すと、しばらく忘れていた感覚が、カズの中に蘇ってきた。東京の街の地図が、自然にカズの頭の中で広がり始める。旧山手通りから井の頭通りへ、大山の住宅街を抜けてから中野通りへ。

一時間を少し切って、カズは中野の家に着いた。今日はいつもとは違うことをしてみたくなっていた。引き戸を開けて中に入ると、そのまま縁側に向かって、一階のすべての雨戸を開け放った。ガラス戸も開けて、しばらく空気を入れ替え、キッチンにあった掃除機で部屋の隅にたまっていた埃もきれいに掃除した。清々しい気分だった。

オレがこんな秘密の別荘を持っているとは誰も知らない。そんなことも思いながら、縁側に立って庭を眺めていたカズは、奇妙なことに気づいた。庭の雑草の一角が、最近誰かが歩いたかのように、踏み倒されているのだ。

外からこの庭に入り込むのは難しい。道路からは軒下の薄暗い通路を抜ければ出られるはずだが、その手前には鉄柵の扉があり、鍵がかかっていたはずだ。

カズは玄関からスニーカーを取ってきて、庭に出てみた。庭から家の二階あたりを見上げる図はとても現代のものとは思えない。古い映画の中にでも入ってしまったような光景だ。上空は風があるようで、薄い雲が速く流れている。

ふと気がつくと、カズは自分でも雑草を踏み荒らしてしまっていて、庭に誰かが入ってきたのかどうかは、よけいに判断がつかなくなっていた。猫達が夜中に会議でもしていたのかもしれない。そう考えることにして、カズは家に戻り、ピアノの部屋のソファに座った。グレーのビロード張りのソファの中で、スプリングがきゅっという音を立てる。座り心地はあまり良くなかったが、かえって、それが贅沢に感じられた。

リュックの中からペットボトルと本を取り出して、隣のもうひとつのソファに置いた。今日はここで『中東軍事紛争史』を読んでみることにしよう。

20000110402

ジーモンが東京に滞在して十日間ほどが過ぎた。東横線の自由が丘にあるスタジオで、ジン・イシダの率いるロック・バンド、デッドアイのレコーディングは進められていた。

イシダはガッツ溢れるバンド・リーダーだった。長髪で薄いあごひげを生やしたとっぽい風貌は、学生のようにも見えたりするが、残る三人のメンバーを完璧に統率している。小柄だが、筋肉質の引き締まった体軀をしていて、ヴォーカルもギターも非常にパワフルだ。ジーモンに対しても、まったく物怖じせず、がんがん話しかけてくる。決して英語はうまくないのだが、ともかくよく喋って、ジーモンから何かを引き出そうとする。最初の二、三日は、ジーモンはそんなイシダの求めてくるものが分からずに当惑したが、次第に自分のやるべきことを見出した。

デッドアイはすでに武道館を満員にするほどの人気ロック・バンドだった。六年前に京都の大学の音楽サークルで結成。関西時代にインディーで一万枚のセールスを上げていた。一九九七年にアメリカのロック・バンド、ヘッドレス・ホーシズとともに行った京大西部講堂でのコンサートは、今では関西ロックの伝説だ。

メジャーのレコード会社と契約し、東京に移って三年目。技術的にも人間関係的にも安定したバンドになった。だが、三枚目のアルバムで、イシダはそれを一度、壊したかったのだろう。だから、ジーモンを呼んだのだ。

しかし、求められたものをそのまま与えるのはジーモンの性分に合わなかった。壊すのは簡単過ぎる。パンク・ロックやニューウェイヴの時代には、ジーモンもしばしば、破壊的な実験をロック・バンドとともに行った。あれはもう二十年以上も前のことだ。

それよりもデッドアイの音楽に、メンバーが思いつかないようなハーモニーやリズムを加えることをジーモンは試みることにした。もともとの演奏のノートやタイミングを少しずらして、違うハーモニーやリズムが聞こえるようにする。いくつかの曲ではイシダのギターを借りて、ジーモン自身のギター演奏をダビングした。さらにいくつかの曲のためにスコアを書いた。ハープシコード、チェロ、トロンボーン、フリューゲル・ホルン、ティンパニといったクラシカルな楽器を加えたくなったのだ。

だが、ジーモンの中では次第に不満も募ってきた。仕事にはやりがいを感じている。ホテルもスタジオも居心地は良い。マネージャーのカモダもナイス・パースンだ。イシダほかのメンバーもジーモンに最大限の敬意を払ってくれる。スタジオには毎日のように、ジーモンの噂を聞きつけたバンドの友人達が遊びに来たりもした。ジーモンはもう何枚のレコードにサインしただろうか。

しかし、ここではすべてが丁重すぎる。あるいは、整頓されすぎ、衛生的すぎていて、味気がない。スリルがない。そんな印象をジーモンは強くしていた。彼が音楽を作ってきた場所とは何かが決定的に違う。

ひとつには日本のスタジオがコンピューターに頼り過ぎていることがあるかもしれない。今ではジーモンもコンピューターを使ってレコーディングをする。しかし、ここでは誰もがあまりにデジタル、デジタルだ。

デジタルは上限が決まっている。想定された範囲内のことしか起こらない。例えば、本物のギター・アンプは無茶をすると最後には飛んでしまう。だが、デジタル技術でシミュレーションされたギター・アンプは決して飛んだりはしない。そのかわり、スピーカーが飛ぶ寸前の、あの心揺さぶる悲鳴のようなサウンドを出すことも絶対にない。

ジーモンは自分のおもちゃを何も持たずに、日本にやってきてしまったのを後悔していた。せめて、ケルンのスタジオからお気に入りのヴィンテージ・マイクやアナログ・エフェクターは持ってくるべきだった。

カモダが呼んでくれたクラシック系のミュージシャン達の演奏も、ヨーロッパの演奏家のレベルを知るジーモンには、不満が募るものだった。譜面をコンピューターに読ませたような演奏しか彼らはしてくれない。技術的な問題もあるが、それ以前にデッドアイとジーモンが作ろうとしている音楽に興味もなければ、理解にも務めないので、ただ機械的な演奏になってしまうのだ。彼らから人間的なグルーヴを引き出すのに、ジーモンは苦労した。

ただひとり、イシダの友人だというチェロ奏者のエミだけは面白い女性だった。彼女は高校時代にミュンヘンの音楽学校でレッスンを受けたことがあるそうで、少しだけ、ドイツ語も話した。瞳の大きなチャーミングな女の子で、ワールド・ミュージックやエクスペリメンタル・ミュージックが好きだと言う。ジーモンの音楽も知っているようだ。自分の録音が終わっても、エミはずっとスタジオに残って、ジーモン達の仕事を興味深そうに見守っていた。ふと、どこかに消えたと思ったら、たくさんのスウィートポテトを買ってきてくれたりもした。

エミの演奏は粗いところもあるが、感情に富んでいる。もう一、二曲、彼女のチェロをダビングするのは良いかもしれない。ジーモンはそう考え出した。

2000110403

裕美は苛立ち始めていた。夕飯の用意を始めるのが早過ぎたのかもしれない。タン・シチューはこれ以上煮ると、タンがどんどん小さく、固くなってしまう。アメリカからの輸入肉とはいえ、新宿のデパ地下で塊で買った牛タンは安くはなかった。なのに、日が暮れても、カズからは連絡がなく、携帯に電話しても、留守電になるだけだ。

以前のように、丸一日、ゆっくり過ごす時間を裕美とカズは持ちにくくなっていた。正社員になって、カズは仕事が忙しくなったという。せっかくの三連休だというのに、昨日の金曜日は出になり、今日も日中は家の用事がある。そう言ったまま、連絡がつかなくなった。

裕美にはカズの気分や行動が読めなくなってきていた。自分ばかりが頑張って、楽しいふたりの休日を作ろうとしている。そういう状況に陥っているように思えるのは癪だった。

我慢ができなくなって、裕美はまたカズの携帯に電話した。さっきから四度目だ。

カズの携帯はピアノの部屋のソファの上で鈍く震えていた。八回、ヴァイブレーションを起こして、携帯は静かになった。日はとっぷりと暮れて、部屋は暗い。カズは三時間ほど前に、ビニールバッグをさげて、二階に上がっていったきりだった。

携帯は鳴るのに、カズはそばにいないのか？　それともわざと取らないのか？　裕美は不安を抑えることができなくなった。

最悪の可能性はカズがどこかで浮気していることだが、それはないにしても、何かが変わり始めている。カズは人間が変わった。何がどう変わったのか、裕美はうまく言葉には出来なかったが、ともかく変わったのは確かだ。

自分の知らない世界にカズが足を踏み入れて、自分の知らない人間になっていくのを、ただ気がつかないふりをして、見ているしかないのだろうか。年下の男と付き合うと、いつかそういう日が来るのではないか、という不安を裕美は抱いていた。楽しく過ごしている間は心の底に沈めておけばいい漠然とした不安だったが、急激にそれが膨れ上がってきた。一度、心のバランスを崩してしまうと、裕美はコントロールが効かなくなる質だった。

裕美はシチューの火をとめて、サラダ用に洗ってあった野菜のボールを冷蔵庫に突っ込んだ。

そして、ずっと前に買い置いてあったスナック菓子の袋を開けた。スナック菓子は惨めな味だった。だが、裕美は水も飲まずに食べ続けた。

自分はカズに見下され始めたのかもしれない。そう思うと、裕美の中で何かが爆発した。気がつくと、裕美の両手は涙とスナック菓子の油でぐしゃぐしゃになっていた。

20000110404

カズがビニールバッグに入れて持ってきたのは、たくさんのタングステン球だった。ヨドバシカメラでも一個千四百円するタングステン球を十個も買ったのだ。

カズは今日こそは、何かを摑みたかった。奇妙なタイムスリップを何度か経験しても、カズの手に残ったものはないに等しかった。二、三年後には、ドルレートを利用して、ちょっとした金儲けはできるのかもしれない。だが、オレは未来を見ているのだ。手に入るのは、そんなものに過ぎないのだろうか？

埃っぽい二階の部屋の畳の上で、カズは何度も火傷しそうになりながら、スライド映写機にタングステン球を入れ替えては、タイムスリップを繰り返した。今日は一度や二度でやめることができなかった。だが、あの真っ白な空間から戻ってくる度に、カズの精神は混乱を深めるばかりだった。

イラク戦争、狂牛病、ホリエモン、トリビアの泉、ワンセグ、シンドラーのエレベーター、バラク・オバマ。そんな文字列を次から次へと目にして帰ってきたからといって、いつ、どこで、何が起こるのか、カズの頭の中で整理が付くはずもなかった。

カズは焦った。だが、焦ってタイムスリップを繰り返せば繰り返すほど、覗き見る未来の断片は、カズの思考回路をずたずたに切り裂いていった。

気がつくと、カズは両手で目を覆いながら、畳の上に転がっていた。汗でぐっしょり濡れた身体が気持ち悪い。傍らのスライド映写機はもう冷たくなっている。どれだけの時間が経ったのだろうか。

階下で携帯のバイブが鳴っているのが聞こえたが、動く気にはなれない。バイブがとまるまで、カズはじっと待った。嫌な気分だった。しかし、このまま、ここに転がっている訳にもいかない。カズは気を落ち着けて、濡れた身体を起こし、暗い階段を手探りで下った。ピアノの部屋の床に腰を落として、携帯をチェックする。裕美からのコールが十二回。時間はもう九時を回っていた。

すぐに裕美に電話をしてみるが、繋がらない。ペットボトルの水を飲み干してから、もう一度、電話をすると、今度は二回目のコールで、裕美が出た。

「どこにいるの？」

裕美の声は怒っているようには聞こえなかった。

「ごめんごめん」

「ぜんぜん連絡取れないじゃん。どこにいるの？」

「いや、ちょっと」

「どこなの、そこ？　最近、何してるんだか、分からないよ、カズマ」

「ごめん、今からそっち行くよ」

「どこなの？　そこ？　家じゃないでしょ」

「近くだよ、三十分くらいで行けるから」

「今日はもういい」

「じゃ、あしたは？」

「やりたいことがあるんでしょ、好きに過ごせば？　私もそうするから」

電話は切れた。

カズは家の雨戸も閉めずに、外に出た。裕美の家までは、早稲田通りでほぼ一本だろう。自転車を飛ばせば、二十分程度で行けそうだ。伯母が行方不明になって、面倒なことに巻き込まれたのだと、裕美にも説明しよう。それで大丈夫だろう。

だが、自転車は思うように走らなかった。カズはふだんはほとんどハンドルを切らない。重心を移動させるだけで、カーブを曲がる。ところが、重心を移動させているのに、自転車は思うようにカーブしてくれない。仕方なく、ハンドルを少し切ると、今度は思ったよりも曲がり過ぎて、フラフラしてしまう。おかしいな、と思いつつ路地を抜けて、早稲田通り沿いの歩道に出ようと、ハンドルを切ったところで、カズは大きくバランスを崩し、自転車ごと倒れてしまった。

地面の固さをカズは知った。シャツが破けたのが分かった。気がつくと、ジーンズの膝も破けて、血が吹き出ているようだ。よろよろと立ち上がってみると、視界がひどく揺れて、光の帯が網膜に焼き付いた。猛烈に吐き気がしてきた。

自転車を置き去りにして、カズは中野駅方向に歩くことにした。吐き気はさらにひどくなっていく。ガードレールに手をついて、思い切って吐いてみたが、ねばねばした胃液しか出てこなかった。

滲んだネオンの方向にカズは向かったが、視界の揺れはさらに激しくなり、頭の芯が割れるように痛み出した。こんなひどい気分になったのは生まれて初めてだった。

世界中を呪いたくなって、カズは電柱を思いっきり蹴飛ばした。右足の親指に激痛が走った。そのまま、尻餅をつくように歩道に落ちると、目の前が真っ黒になって、意識が薄れてきた。カズは助かったと思った。こんなひどい気分から抜け出られるのなら、このまま死んだって構わない。

誰かが上から自分を覗き込んでいるような気がしたが、カズはそのまま暗闇に落ちていく方を選んだ。

2000110405

深夜だというのに、電話が鳴った。ベッドに入りかけていた美沙緒は、急いで、リヴィングに戻って、受話器を取った。

「桃乃井さんのお宅ですか？」

「はい」

「お母様の美沙緒さんはいらっしゃいますか？」

「はい、わたくしです」

息子の身に何かがあったに違いないことは、もう美沙緒には分かっていた。

2000110501

カズは潜水艇に乗っていた。銀色の潜水艇の先頭部分にドーム状の操縦席があり、たくさんの計器が並んでいる。その計器の間に窮屈な形で押し込められたカズは、真っ暗なトンネルの中を、丸い出口の方へと潜水艇を進めていた。だんだんスピードが早くなる。そのまま、潜水艇は出口を抜け、海の中に滑り出た。だが、次の瞬間に潜水艇は爆発した。

泡だらけの海中で溺れ死ぬかと思ったが、気がつくと、カズは砂地に投げ出されていた。砂浜ではなく、乾き切った砂漠のようだった。赤く染まった空は、夕空なのか、明けの空なのか、分からなかった。気がつくと、目の前には何台もの焼けただれた戦車が並んでいる。付近には無数の死体が散らばっていた。小さな死神達が地面を這い回り、金属片やぼろ切れや肉片から、かつてそれらが持っていた意味をはぎ取って、おぞましい匂いを放つゴミの山だけを築こうとしていた。

軍服を着たカズは戦車の列に背を向け、死体を避けながら、暗い空の方角に向けて走った。右手に握っているのはグリュンベルクV07のケースだった。だが、後ろから恐ろしいスピードで炎が追ってくる。それが狙っているのが自分ではなく、グリュンベルクV07のケースだということが、カズには分かった。灼熱の中でカズはケースを守るかのようにうずくまった。

炎が通り過ぎて、カズは自分が死んだのが分かった。もう熱くはないが、オレは黒焦げになって転がっている。諦めて、そのままじっとしていると、もう一人の自分が呟き始めた。そんなはずはないじゃないか、死人には自分が黒焦げになっているのは分からない。オレは死んだ、と考えて、ここにじっとしているのは、オレが生きているからだ。

前にもこういうことはあった気がする。きっと、これは夢だろう。カズはそう思った。そして、ゆっくりと目を開けた。


真っ白な空間が眼前に広がって、カズを優しく迎え入れた。夢から覚めるはずだったのに、そこに戻ってしまうとは思いもよらなかったので、カズは動転した。しかしすぐに、ここならば安全だということに思い至った。几帳面な死神もここまでオレを追ってくることはない。

2000110502

永遠に夜の来ない、白い光だけの世界で、何日もが過ぎていった。あるいは何ヶ月が過ぎたのかもしれなかった。昼と夜が規則正しくやってくる世界では、人々がカズの不在に気づき始めているだろう。時折、カズはそのことに思い及んだが、しかし、戻らねばならないとは思わなかった。それでも、いつまでたっても沈むことのない夕日を見続けるかのような長い時の果てに、小さな好奇心がカズの中に芽生えた。そして、それがようやく変化を呼び寄せた。

この世界はただ光に満ちているだけなのか。それとも、何か他の存在が周囲にはあるのだろうか。ある日、カズはそれを探りたくなった。

少なくとも、オレはここに存在している。光が眩し過ぎて、見ることはできないが、この空間のどこかにはオレがふわふわと浮かんでいたりするのかもしれない。そう思ったカズは、ふと目を閉じてみた。目を閉じれば、それが見えるような気がしたのだ。

その通りだった。自分が見えた。いや、本当は見えたのではないかもしれないが、カズは確かに感じ取ることができた。うずくまったまま、虚空に浮いている自分の姿を。

他に見えるものはないだろうか？　カズは目を閉じたまま、浮かんでいる自分の周囲をさらに見ようとした。空間に意識を照射すると、下の方向に何かあるのが感じられた。暗闇の中に、さらに深い暗闇があるような、そんな感じだった。カズはくるりと身体の向きを変え、頭から潜って行くように、下方へと向かった。

暗闇の中にさらに深い暗闇が口を開けている、その入り口まで到達すると、そこにある構造物が何だか分かった。暗鬱な金属製の螺旋階段をカズは上方から覗き込んでいた。

降りてみるべきか、カズはしばらく躊躇した。出口なのかもしれないが、もっと大きな災難の入り口のような気もしてならない。恐る恐る階段の手すりに手を伸ばしてみると、それは恐ろしく冷たかった。その冷たさに触れた瞬間に、カズは自分が全裸でいることに気がついた。

低い、規則正しい音が聞こえていた。誰かが螺旋階段を昇ってくる音が下から響いてくるのかもしれない。いや、それとも、オレは自分の鼓動を聞いているのだろうか。カズは混乱し始めた。ここでは時間は自在に伸縮し、規則正しく時を刻むものなど、存在しないはずだった。いや、それ以前に、ここは音のない世界だった。しかし、次に聞こえたのは、誰かの話し声だった。下方の螺旋階段とは逆の方向、上の方で誰かと誰かが話し合っている。

カズはびっくりして、目を開けた。一瞬だけ、白い光が溢れかえったように思えたが、すぐに、視界は灰色にぼやけていった。

ジーという機械音があちこちでしている。見上げる灰色の中に、沢山の目が現われて、自分を見下ろしているように思えた。あの時と同じだ。だが、ここは中野の家の二階ではない。どうやら、オレはベッドの上で寝ている。

灰色の世界に次第に色が戻ってきた。自分を覗きこんでいる顔のひとつが、美沙緒なのにカズは気づいた。

病院の匂いがした。いつからここにいるのだろう？　一日なのか、一年なのか。カズは思い出そうとしたが分からなかった。

「何があったの？」

美沙緒が聞いた。カズは何か答えたかったが、声が出なかった。全身の力を振り絞るようにしても、声が出ない。仕方なく、カズはゆっくりと首を横に振った。

「ヘンな薬物とか使ったんじゃないわよね」

声が出ないので、カズはもう一度、首を振りながら、両手を開いて、違うというジェスチャーをした。その仕草がおかしかったのか、美沙緒が苦笑いしたように見えたが、それ以上はもうしんどかった。すうっと意識が遠くなって、その後、美沙緒が何を話し続けたのか、カズにはもう分からなかった。

2000110503

カズは翌日には退院した。医師は熱中症のような症状だったというが、原因はよく分からなかった。薬物反応の検査は必要ないだろう、と医師が言うので、美沙緒は少し安心した。本人は自転車で転んだだけだと言っている。そうだったのかもしれない。美沙緒は「あんまり危ないことはしないでね」とだけ告げて、それ以上は叱らないことにした。

中野の救急病院から中目黒のアパートまで、息子を車で送り届けた美沙緒が自宅のマンションに戻ってくると、湯川昇から電話がかかってきた。

今朝、美沙緒は昇に電話をした。カズマが倒れた原因について、昇が知っていることがあるかもしれないと思ったからだが、昇は何も知らなかった。しかし、昇もカズマの容体が気にかかって、電話をかけてきたのだろう。

「ご心配をかけてすみませんでした。お陰さまでたいしたことはなくて」

美沙緒は息子がもう退院して、明日からは普通に仕事に出られる程度であることを説明した。

「そうですか、それは良かった」

「本当にお騒がせ致しました」

「私も安心致しました。ところで、美沙緒さん、ひとつお願いがあるのですが」

「はい？」

「靖春伯父さんのお墓参りをさせていただけませんか？」

昇の突然の申し出に美沙緒は驚いた。靖春の生前には、桃乃井家とのつきあいは一切なかった。葬式には誰も呼ぶなというのが、靖春の遺言だった。だが、カズマの従兄弟達の代が過去を修復しようとしているのなら、それは好ましいことかもしれない。美沙緒は少し目頭が熱くなった。

昇はさらに続けた。

「もうすぐ靖春伯父さんの命日ですよね。申し訳ないことに、私はこれまで知りませんでした」

「カズマがお教えしたんですか？」

「いいえ、伯母の佐和子のことで、戸籍を調べていたら、分かりました」

「そうでしたか。命日には私達はお墓には参りませんが、来週の末に行こうかと思っております。ご都合が付くようでしたら、その時にご案内差し上げるのがよろしいかもしれません」

「そうですか、ありがとうございます。それでは、妹の薫子にも連絡してみます」

昇はそう言って、電話を切った。これでカズマも墓参りをさぼることは出来なくなっただろう、と美沙緒は思った。

20001101

中目黒でカズを拾った後、美沙緒の車は新宿に向かった。次は西口の地下ロータリーで湯川昇と佐山薫子を拾うことになっている。

カズはスーツを着てきた。今日はお坊さんに会う訳でもないので、そんな必要はなかったというのに。

美沙緒は喪服っぽく見えすぎない黒いワンピースを選んできた。思いがけず、賑やかな墓参りになって、靖春もきっと喜んでくれるだろう。

タクシーの邪魔にならないように、美沙緒は西口の地下ロータリーの手前の方で車をとめた。

「見てきてくれる？」

と美沙緒はカズに頼んだが、もうカズは昇と薫子を見つけていたようだ。

「あれです」と指差した先には、喪服姿の中年の男女がいた。女は大きな花束を抱えている。

カズがふたりに駆け寄って行ったので、美沙緒も車を降りることにした。昇と薫子がこっちにやってくる。ふたりとも美沙緒と同じくらいの年齢か、あるいは年上だろう。

カズがふたりを紹介した。

「湯川昇さんと佐山薫子さん。オレの従兄弟。こっちが美沙緒さん」

美沙緒さんだけでは分からないではないか、と美沙緒はカズを睨んだが、「母の美沙緒です」という挨拶は、美沙緒自身の口からも出てこなかった。

「はじめまして、美沙緒です。今日は本当にどうもありがとうございます」

「こちらこそ、ありがとうございました、お誘いいただいて。本当に今まで不義理をしてしまって、申し訳ありませんでした」

昇は過剰なほどに頭を下げた。薫子も横でそれに倣った。

「いえいえ、それはもう、こちらの方が……過去の非礼をお許しください」

そう言って、深く頭を下げた美沙緒はまた目頭が熱くなってきて、ハンカチを取り出した。

靖春の墓は横浜市の戸塚区にある。ＪＲ横浜線の駅からは遠く、車でなければ行きにくい山の上の墓地だ。しかし、東京近郊ではそんな墓地の中ですら、お墓ひとつ買うのに百万以上はかかる。

明治通りから二四六へ、環八から第三京浜と出るまでの道は、土曜日ということもあって、どこも混雑していた。新宿から一時間半ほどドライヴして、ようやく四人は墓地に辿り着いた。山を切り開いて作られた広大な墓地だ。だいぶ登ったので、空気がひんやりしている。駐車場から靖春の墓までは、さらに五分ほど歩く。カズはトランクから花束と水の入ったペットボトルを取り出した。

枯れ葉が舞う墓地の中の坂道を美沙緒と昇がふたり並んで先に歩いていく。車の中でのお喋りで、昇の方が美沙緒より一つ年上なのが分かっていた。だが、美沙緒は昇の叔母ということになるのだろう。

「不思議なものですねえ。佐和子おばさんがいなくなってしまったおかげで、こうやって、私たち四人で靖春おじさんのお墓参りする機会ができるなんて」

昇と美沙緒の会話がカズにも聞こえていた。

「佐和子さんはまだ消息が分からないんですか？」

「はい、まったく分からなくて。疎遠にしていた私たちもいけなかったんですが」

「捜索願いは」

「いえ、まだ出していないんですが、近いうちに書類を揃えて、出すことにしています。捜索願いを出してから七年間、失踪したままだったら、従兄弟三人で遺産相続をすることになります」

話をしながら歩いていくふたりの後ろに、花束を抱えたカズと薫子は無言でついていった。坂道の左側には真新しい白塗りの建て売り住宅が並んでいる。こんな山の上の、墓石と隣り合わせの家に住むのはどんな気分だろう？　カズはそんなことをぼんやり考えていたが、坂道を登り終わったところで、隣の薫子がふいに口を開いた。

「私は佐和子おばさんは生きていると思うわ」

薫子はカズに言ったのか、昇に言ったのか、よくは分からなかった。が、昇が足を緩めて、振り返った。

「ええ？　どうしてだい？」

「中野のおうちに入った時、死んだ人の家っていう風には感じられなかったから」

「そんな霊感があるの？　オマエ？」

昇がちょっと馬鹿にしたような口調で薫子に言った。

カズも口を開きたくなった。昇はなぜ、佐和子はもう帰ってこないと決めつけているのか。

「僕もそう思いますよ、佐和子さんは生きてるって。もうすぐ帰ってくるって」

「え、カズマくん、何か手がかりでも見つかったのかい？　あの家で」

「そういうわけじゃないですけれど、あの家に行くと、そんな気がしてくるんです。佐和子さんはただ、ここにいないだけだって。帰ってこれないようなところに行ったんじゃないって」

「私もそう思う」

薫子がまた言った。昇は少し不服そうだった。美沙緒はひとり先に歩いて、靖春の墓のところまで行き着き、三人に手を振っていた。

ヘッドフォン・ガール

20001201

十一月になったというのに、まだ佐和子は帰って来なかった。昨日もリキは中野の家と佐和子の携帯に電話をかけてみたが、どちらも応答なし。帰国予定日からすでに二週間が過ぎている。最後にパリからの絵葉書が届いたのは三週間くらい前だ。それにはプラハで旧友の小林研一郎がチェコ・フィルハーモニーを指揮するのを見て、ロンドンに寄ってから帰るとあったが、どこでどうしてしまったのだろう？　佐和子のことだから、ロンドンで見逃せないコンサートがあって、滞在を延ばしているのかもしれない、と考えてはみるものの、それにしても二週間は長すぎる。リキはさすがに心配になってきたが、誰に連絡を取ったらいいのかも分からなかった。

とりあえず、そろそろ佐和子の家の郵便受けのチェックには行かねばならない。ちょうど、ヴァイオリンの弓の毛替えを頼んであった大久保の楽器店から、作業が終わったという連絡があった。今日は弓を受け取りに行った後に、中野に行ってこよう。リキはヴァイオリン・ケースを持って、外出することにした。

20001112

カズと裕美は週末の約束をしなかった。土曜日は家の墓参りがあり、終わった後は会食になる。それは本当だった。日曜日は夕方からなら大丈夫、と裕美に伝えたが、裕美はその日は友達と会う、とだけ言った。先週のあんな会話の後に、事故を起こしたことをカズは裕美に告げなかった。

カズには久々に予定のない休日が生まれた。乗り捨ててきたままの自転車が気がかりだが、今日は日曜日なので探すのは無理だろう。中野区でも撤去自転車の集積場は閉まっているはずだ。だが、カズは佐和子の家の雨戸を開けっ放しにしてきたことを思い出した。庭に人が入り込むのは難しいから、問題はないだろうが、今日のうちに閉めてきた方が良いかもしれない。

新宿で総武線に乗り換える時に、ヨドバシでタングステン球を買おうかとカズは一瞬、考えたが、思いとどまった。今日は戸締まりをしに行くだけだ。すぐに戻って、家でゆっくりしよう。日曜の午後の総武線は空いていた。カズは一番後ろの車両に乗った。日陰になっている側のシートに座り、リュックの中の本を読もうかと思っていると、大久保の駅で黒い革製のヴァイオリン・ケースを抱えた若い女が乗ってきた。グレーの革製のジャケットにジーンズを履いた髪の長い女の子だった。カズは本を取り出すのをやめた。

20001112O3

彼女はヘッドフォンで音楽を聞いている。ドア近くに立っている時に、一瞬だけ、カズと目があって、訝しげな顔をしたように思えたが、電車が発進すると、カズと同じ側の少し離れたシートに座ったので、それ以上、カズは彼女を見ることができなくなった。カズは気が動転し始めた。ヴァイオリン・ケースを抱えたヘッドフォン・ガール。彼女は彼女かもしれない。

発進した電車は東中野の駅の手前で急に停止した。事故でもあったのだろうか？　カズは立ち上がって、窓の外を見る仕草をしながら、彼女を見た。彼女は絵葉書のようなものを見ていた。

車内放送が、停止信号のため停車しています、とだけ告げた。

ほどなく、電車は動き出して、ゆるゆると東中野の駅に入っていった。だが、ホームでドアを開けたまま、また止まってしまう。そのまま一、二分が過ぎてから、ようやく車内放送が、三鷹駅で事故があったため総武線は運転を見合わせています、と告げた。

乗客がホームに出始めた。カズも車内から出ることにした。中野までは一駅だから、復旧まで長くかかるようだったら、歩いた方が早いかもしれない。

ホームには途方に暮れた人々がアナウンスを待っていた。東中野で止まってしまったこの電車に乗っていた人々はアンラッキーだ。中野より先の駅だったら、総武線と並行する中央線に乗り換えることもできるだろうに。

近くの八十歳過ぎの老人がカズに尋ねた。

「これはどうなるんでしょうか?」

「三鷹駅で事故があったそうです。すぐに動くのかどうか、ちょっと分からないです」

「そうですか」

カズと老人から数歩離れたところには、彼女がいた。カズはそれを確かめてから、老人に言った。

「駅員に聞いてみましょうか?」

カズ達はホームの一番後ろにいた。カズがホームの中程まで走っていくと、駅員に数人が事情を尋ねているところだった。三鷹駅で人身事故があったということなので、たぶん、復旧には相当の時間がかかるだろう。これから振替輸送のアナウンスをする、と駅員は話していた。

カズは急いで駆け戻った。

「人身事故だそうです。復旧にはかなり時間がかかりそうです。改札で、振り替え切符を用意するということですよ」

老人に説明していると、近くのホームに出ていた乗客も数人、集まってきた。その中には彼女もいた。

「どこまで行かれるんですか?」

カズは老人に聞いた。

「吉祥寺までです」

「だったら、大江戸線で新宿まで戻るのが良いかもしれませんよ」

「大江戸線?」

老人は大江戸線を知らないようだった。

ホームの乗客達はぱらぱらと改札の方に向かい出していたが、彼女はまだそこにいた。カズは彼女にも聞いた。

「どこまで行くんですか」

「中野までです」

小さな声で彼女は答えた。

「僕も中野までなんですけれど、中野までならひと駅、歩いちゃうのが早いかもしれませんね」

老人とカズと彼女も改札の方に歩き出した。老人は杖をついているので、かなりゆっくり歩かねばならない。彼女は先に行くこともできたはずだが、老人を気遣うような感じで、一緒に歩いていく。奇妙な三人連れになったな、と長いホームを歩きながら、カズは思った。

彼女の長い髪が、今時の女の子には珍しくカラーリングされていないのにカズは気づいた。清楚な感じだけれども、その長く黒い髪がどこか挑戦的な印象も与える。

カズは老人に大江戸線という新しい地下鉄が作られていること。新宿までは開通しているので、それで新宿に戻れることを説明した。彼女も興味深そうに聞いていた。

東口への階段を通り越し、三人は長いホームをゆっくりと歩いて、西口まで辿り着いた。西口の改札を抜けると、北側に大江戸線への通路がある。老人をそこまで案内したところで、カズは彼女に聞くことにした。

「中野まで歩きますか?」

「はい、そうします」

「じゃあ、あっちから行きましょう」

カズは改札の南側のエスカレーターの方を指した。佐和子の家に行くには、本当は北に進んで早稲田通りまで出ればいい。だが、それでは中野駅を通らない。カズはあえて遠回りをする方向に足を向けた。

2000111204

「中野に住んでいるんですか?」

彼が聞いた。

「いいえ」

「僕も違うんですけれど、おじいちゃんの家があって」

「そうなんですか」

「そのケースはヴァイオリン？」

「はい」

「音楽やってるんですか？」

「はい。その恩師の家が中野にあって」

「あー、そうなんだ。どんな音楽が好きなんですか？」

「うーん、なんでも好きですよ」

「エリック・サティとか？」

いきなり、彼がそう言ったので、リキはびっくりした。車中でヘッドフォンの音が漏れ聞こえていたのだろうか。

「大好きです」

「なんか、そんな気がした」

彼はそう言っただけだった。

ふたりは線路に沿って、中野駅の方に向かおうとしたが、道は思いのほか入り組んでいて、進むうちにだんだん線路から遠ざかってしまう。何度か角を曲がるうちに、ふたりは線路からだいぶ離れた住宅街の中を歩くことになった。

佐和子の家に行くには、東中野の駅から北に進んで、早稲田通りでバスを拾えば良かったのだろう。リキはひどく遠回りしているのに気がついたが、それでも、道連れができたのは嬉しかった。背が高いが、威圧感のない、優しい感じの男の子だ。ヴィンテージなジーンズに、ごついバスケットシューズを履いているが、黒い上着はユニクロっぽい。髪が少し長いから、サラリーマンではないのだろう。

時おり笑うと目尻にくしゃくしゃっとした皺が集まる。あれこれ質問されても、嫌な気がしなかったのは、その笑い顔が優しそうだったからかもしれない。


「へえー、毛替えっていうの？」

「はい、弓の専門店でやってもらうんです」

「弓の専門店って、弓道の弓じゃないんだよね」

「それとは違いますね。大久保にあるんですけど」

「毛替えすると、音が変わるんですか？」

「変わりますよ。だから試しに弾いてみて、あまり感じが良くなかったら、やりなおしてもらったり」

「大変だねえ。じゃあ、音楽の仕事っていうのは、ヴァイオリンが専門？」

「はい。あと、ピアノで作曲もしています」

「すっげー」

「ううん、でも、それはまだ、なかなか仕事にはならなくて」

「でも、すっげー」

このままだと、中野に着くまで、ずっと質問攻めに合いそうだったので、リキは自分も質問することにした。

「お仕事は何してるんですか？」

「オレはね、録音と編集の仕事してます」

「えっ、エンジニアさん？」

「映像の音声の方ですけれど。でも、まだ始めたばかり。全然、アシスタントです」

「スタジオのアシスタントって大変そうですよね」

「知ってますか？」

「うん、体育会系でしょう？　失敗すると、先輩に部屋の隅で殴られるとか、聞いたことがある」

「えーっ、うちはそんなのはないなあ」

「そうなんですか？」

「体育会系じゃないけれど、そのかわり、教えてもくれないんですよね。だから、アシスタントの仕事だけしていても、技術はつかないし。そこは自分で勉強して、きちっとやらなきゃいけないかなあ、と最近は思ってきたところなんだけれど」

「ふーん、エライなあ」

リキがそう言って、彼の顔を見上げると、彼がリキの目を見て、今までより、少し低い声でこう聞いた。

「ねえ、未来のことって考える？」

「ええ？」

「何年後かに自分がどうしているか、とか」

「うーん、考えると不安になるから、あんまり考えずにいるかなあ」

「僕もちょっと前まではそうだったんだけれど、最近はね、どうしたって未来はやってくるんだし、これから先に良いことがあっても、悪いことがあっても、ここで頑張らなきゃいけないことには変わりがないなって、なんか、そう思うようになったんですよ」

「ふーん」とだけ、リキが頷くと、彼は自分に言い聞かすようにさらに続けた。

「うん、そう、それで、そう考えるようになったら、なんかちょっと勇気が出てきたっていうか」

リキはもう一度、彼の顔を見上げた。自分に欠けているものを彼がずばり言い当てたような気がしたからだった。

2000111205

会話の空白ができてしまった。カズは自分語りをしすぎたように思えて、気恥ずかしくなった。だが、彼女は少し置いて、ぽつりとこう言った。

「なんか分かる気がします」

ふたりは緩い下り坂に差し掛かっていた。左側の高いコンクリートの塀の上から、大きな木が何本も道路に首を突き出していて、道の端には落ち葉がたくさん溜っていた。

足音だけを聞く時間が少し続いた。カズはテンポを変えることにした。そういえば、彼女の名前をまだ聞いていなかった。

「ねえ、名前教えてもらっていいですか？」

「リキ」

「リッキー？」

「ううん、リキ。理科の理に、貴族の貴なの」

「へぇー、珍しい名前」

「昔、お父さんが好きだった曲に〝リキの電話番号〟っていうのがあって、それから付けたらしいの」

「リキの電話番号？」

うまい流れで、電話番号を聞き出すチャンスになりそうだったが、カズが言葉を探している間に、リキが先に聞いた。

「お名前は？」

「ああ、僕はカズマ。一に馬」

「ちょっと珍しい名前ですね」

「うん、でも、友達はみんなカズって呼びます」

そう答えたところに、悪いタイミングで、カズの上着のポケットの中で携帯のバイブが鳴った。

「あ、リキさん、ちょっとごめんなさい」

着信は藤崎からだった。


「カズです。はい、あー、そうなんですか、やりなおし。参りましたねー。西岡さんは？　あーそうか。オレですか？　あ、僕は大丈夫ですよ、少し時間かかるかもしれないですけれど。あの、鈴木さんは何て言ってましたか？　ああ、はい、じゃあ、それで。はい」

水曜日に完パケしたはずの映画の予告編CMが、修正されることになり、一部、音声の差し替えも必要になったという。だが、西岡は入院した親戚のお見舞いに名古屋に行ってしまっている。ブッキング・マネージャーの鈴木に頼んで、スタジオは開けてもらえることになったが、肝心のエンジニアがいない。もしも、カズひとりで差し替え作業ができるなら、やってもらえないかという話だった。

「リキさん、ごめん、僕、急な仕事が入っちゃったんで、急がないといけなくて。なので、こっからオレ、ひとりで走っていってもいいですか？」

「は、はい」

「じゃ、すみません、行きます」

リキを残して、カズは緩い坂道をひとりで走り出した。角を曲がるところで、振り返りたかったが、そのまま走った。だが、すぐに忘れ物をしたのに気づいた。どうしよう……と迷う間もなく、バスケットシューズが鋭くターンを蹴ったので、カズは自分で自分に驚いた。

2000111206

カズの姿が消えて、リキは住宅街の中でひとりになった。なんだか慌ただしい人だったな。でも、ちょっと楽しかった。と思っていると、さっき曲がった角からカズがまた現れて、こっちに全速力で走ってくる。

驚いているリキにカズが質問した。

「ごめんなさい。携帯教えて下さい」

「えっ」

「時間ないんで早く」

「は、はい、これ」

リキは携帯を取り出して、自分の番号を呼び出した。それを読んで、自分の携帯に番号をプッシュすると、カズはその携帯を高くかざして振りながら、また走り去って行った。

「ありがとー、かけてみますー」

そう叫んだカズの姿が角に消えたところで、リキの携帯が鳴った。

20001l1207

デッドアイとの仕事は終わった。二週間のはずが、結局、三週間近くかかってしまったが、やれることはすべてやった気分だった。バンドの音楽を違う次元に持っていった自信はある。最後の五日間は自由が丘から新大久保のスタジオに移り、ジーモンはそこでモリグチという日本人のエンジニアとともに、十曲をミックスした。歩いて二、三分のところにホテルを取ってもらったので、連日、夜明けまでミックスを続け、モリグチに悲鳴を上げさせることになったが。

自由が丘の衛生的なスタジオとは対照的に、新大久保のスタジオは古い雑居ビルの中にあり、かび臭い雰囲気だったが、ジーモンはリラックスできた。スタジオにデリヴァリーされるチャイニーズ・フードやコリアン・フードもおいしかった。

なにより嬉しかったのは、そのスタジオにはドイツの古い録音機材がたくさんあったことだ。ドイツでももはや動いている物を見るのは珍しいテレフンケンの真空管式のテープレコーダーまで、スタジオは備えていた。

こんな機械をメインテナンスできる技術者が日本には残っているのだろうか。スタジオのオーナーのメグロに尋ねると、京都にテープレコーダーの修理調整の専門家がいて、そこに送って、やってもらっているという。

京都はデッドアイの出身地でもある。二十年前のツアーの時には、京都は通りすぎただけだった。この仕事が終わったら、京都に旅行してみるのは楽しいかもしれない、とジーモンは考え始めた。


ジーモンはテレフンケンの真空管式レコーダー、M15でマスターテープを作ることをカモダに提案してみた。温かくて芯の太い音質のマスターができるだろう。だが、残念ながら、予算の都合でそれは難しいという答えだった。

アナログのテープは高価だ。一本二万円もするマスターテープに、十数分しか録音することができない。だが、デジタルのデータをハードディスクに保存するだけだったら、一銭もかからない。

加えて、アナログのテープレコーダーを使うと、高価なスタジオの使用時間も一気に長くなる。テープの巻き戻し時間が必要になるからだ。デジタルで育った若者達は、もはや、巻き戻し時間などというものの存在自体を知らないのかもしれないが。

テープレコーダーの巻き戻しボタンを押して、リールが高速で回り出すのを見る時、ジーモンはロマンチックな感情に囚われることがある。時間を巻き戻す。過去の素晴らしい瞬間にもう一度、出会うために。そんなテープの巻き戻し時間は、ジーモンにとっては、ただの待ち時間ではなかった。

だが、現在は音楽も映像もデジタルによるノンリニア（非直線）編集が可能になった。コンピューターに向かう者は、神のように、すべての時間を見渡す。巻き戻しも早送りも必要なく、どこにでも一瞬で移動できる。ジーモンはそれが嫌いだった。懐古主義者なのかもしれない。しかし、ノンリニア編集で神のように時間を操れるようになって、果たして、人間の作る音楽は良くなっただろうか。

エロティシズムは不自由さの中にこそ生まれる。そう言ったのはジーモンの友人の建築家だが、すべての芸術にもそれはあてはまるはずだ。

アナログのテープでマスターを保管するのは危険だという人もいる。確かにそれはいつか朽ち果ててしまうものだろう。だが、デジタル・データだったら、心配ないというのは嘘っぱちだ。この二、三年の間にハードディスクが飛んで、レコーディング・データがすべて失われた事故がジーモンの回りで何回あっただろう。レコード会社のデータの保存管理もひどい。マスターのデータがどこにあるか分からなくなったという話をしばしば聞く。

ジーモンは六〇年代からの自分の作品のマスターをほとんどすべてアナログ・テープで自宅の屋根裏に保存している。ジーモンが死んでも、それらは失われることはない。いつか、誰かがそこに刻まれた時間を巻き戻してみることだってあるだろう。この世にテープレコーダーという機械が残っている間は。

ジーモンの泊まっている新大久保のホテルはお客の半数以上が中国人のようだった。ホテルの地下は深夜まで開いている中華料理店になっている。がらんとしたロビーには茶色のビニール・ソファがひとつだけ。そこでジーモンは迎えを待っていた。今日はこれからデッドアイのメンバー達とアルバムの完成祝いの会食がある。

ほどなく、イシダとカモダ、そして、エミがやってきた。近くのキューバン・レストランを予約してあるという。

猥雑な夕暮れが新大久保の街を包みつつあった。ジーモンはケルンのトルコ人街を思い出した。イシダとカモダが先に歩道を歩いていく。ジーモンはエミと並んで歩いた。エミはデッドアイのアルバムの四曲に参加したが、その後も何度かスタジオに遊びにきた。エミはきれいな英語を話す。ジーモンは歩きながら、エミに彼女はイシダのガールフレンドなのかどうか、聞いてみた。エミは大きな目をさらに大きく開け、それから首を振りながら、大笑いした。イシダはハイスクールのクラスメイトだったとエミは説明した。彼みたいな人気者のステディになったら大変。毎日、ナーヴァスになるだろう、とも言った。

通りにはアジア人も多いが、ラテン系の人間も多い。角を曲がると、ぎらぎらした看板のキューバン・レストランが現れた。赤いドアを開けると、陽気なラテン音楽が鳴り響く部屋に、デッドアイのメンバーやモリグチ、そして、スタジオに遊びにきたジーモンの熱烈なファンなども集まっていた。

「ユア・フェアウェル・パーティー」とイシダが言った。だが、ジーモンはもうしばらく、日本に滞在することにした、と彼に告げた。

2000111208

いつもは西岡が座っている背もたれの高いアーロンチェアがカズを待っていた。ソリッド・ステイト・ロジック社のミキシング卓の中央で、今日はスタジオのチーフを務めるというわけだ。

しかし、気分は意外に空しかった。何千万もしただろう巨大なミキシング卓は、今では見栄えのために、そこに置かれているだけだ。一、二年前からほとんどの作業は、脇に置かれたコンピューターの中で行われていて、本当はこのミキシング卓は必要なくなっているのだ。

だが、クライアントに高額のスタジオ料を請求するには、そう見せてはいけない。それだけのために、西岡はわざわざ、この巨大なミキシング卓を操作する。いや、多くの場合は操作するふりをしている、というのに近い。そして、今日はかわりにオレがそのふりをしてみせる。コンピューターの中でまとめられることをわざわざミキシング卓に呼び出して。

無駄の多い操作を繰り返すうちに、西岡が口癖のように、こんなMAスタジオにいても何のスキルも身に付かないと言う理由がカズにもよく分かった。それはカズへの忠告というよりは、西岡自身の愚痴なのだろう。

映画の予告編の直しは三時間ほどで終わった。そこからクライアントに送るVHSのコピー作り。しかし、この中国映画は主人公達が宙を駆ける様が幻想的で、何度、繰り返してみても楽しかった。

「これ、全部ワイヤーで釣ってやっているのよ」と藤崎が説明した。

美しい映像だった。こういう映像作りの仕事をしてみるのも楽しいかもしれない、とカズは思った。

今日は西岡がいないし、鈴木も帰ってしまったので、カズがスタジオの使用伝票も作らねばならない。事務所で戸惑っていると、映像部のプログラマーの加藤が通りかかって、書き方を教えてくれた。日曜日だというのにAからEまである映像編集のスタジオは、どれも仕事をしているようだ。

伝票を持ってスタジオに戻ると、広告代理店の人間は姿を消していて、藤崎だけが残っていた。カズは伝票に藤崎のサインをもらわねばならない。スタジオの使用時間は伝票には一時間ほど短く、記入しておいた。きっちり書いたところで、オレの給料が上がる訳でもないのだから。

「カズくん、今日は助かったわ。急に呼び出してごめんなさいね」

伝票にサインした藤崎が笑顔で言った。

「いえいえ、お疲れさまでした。大変でしたね、藤崎さんも」

「このスタジオ、カズくんひとりでも動かせるんだね」

「西岡さんが教えてくれたおかげですよ」

「そうなの。でも、今日はやりやすかったな。人が少ない方が私は好きなんだ。ねえ、カズくんもお腹すいたよね。どっか食べに行かない」

「いいですけれど」

「でも、半蔵門なんて、日曜日はどこも開いていないよね。代官山あたりでも、いいかな。豆腐は好き？」

「好きですよ、何でも」

「じゃあ、代官山の面白いところに行こうよ」

2000111209

半蔵門からタクシーで、ふたりは代官山に向かった。藤崎はいつもはピシッとしたジャケットなどを着ているが、今日は日曜日だったせいか、長いスカートにラメの入ったセーター。その上にミリタリーっぽいコートをはおっている。仕事着よりもむしろお洒落で、すらっとした体軀に合って、きれいに見える。

「なんだ、カズくん、中目黒に住んでいるの」

タクシーの中で藤崎が聞いた。

「はい、代官山なら全然歩けますよ」

「羨ましいなあ」

「藤崎さんは都立大でしたっけ?」

「そう、柿の木坂のあたり」

恵比寿から駒沢通りを進み、途中で一本裏道に入ったところで、藤崎はタクシーをとめた。カズにとっては、まさに散歩エリアだが、そんな場所にレストランがあるのは知らなかった。看板らしい看板の出ていない、分かりにくい店だった。しかし、薄暗い店内は日曜日だというのに、かなり混雑している。

業界人の好きな、隠れ家的な店というのは、こういうところなのかもしれない。内装は和風の素材を使いつつも、鋭さのあるラインで構成されている。

藤崎とカズは分厚い檜材で作られたカウンター席に、並んで座った。黒い和紙で作られた大きなメニューが運ばれてくる。すべての食材は無農薬の有機栽培です、と書かれていた。どうやら肉類はメニューにないようだ。

「えーと、このお豆腐料理のコースでお願いしちゃう」

メニューを持ってきたウェイターに藤崎はすぐに注文した。

「あと、カズくん、何を飲む？　ワイン飲まない？」

「はい」

「じゃあ、このシャトー・クロノーの一九九〇年」

ワインリストを見て、藤崎はワインも一瞬で注文した。カズはちょっと居心地が悪かった。この食事は奢りだろうが、それにしても、高価過ぎるかもしれない。藤崎もそれを察してか、「お疲れさま」の乾杯をした後に、こう言った。

「領収書で落とすから大丈夫だよ。休日出勤になっちゃったし、今日は私の好きにしていいの」

料理は豆腐づくしのようなコースだった。腹が減っていたカズは焼き肉でもがっつり食べたいところだったが、仕方ない。藤崎の「好き」に付き合おう。ワインはおいしかった。カズはほとんどワインを飲んだことがなかったので、比較ができるわけではないが、とりあえず、このワインはとてもおいしい。

「カズくん、エコロジーに興味あるんだよね。自然食とかも食べてるの？」

「いえ、そんなんじゃなくて」

「でも、本読んでたじゃない」

「地球温暖化の本ですか？　あれはヤバイから。地球の上で人間が生きていくためには、温暖化のことを考えないと、生きていけない。絶滅しちゃう。そのくらい切羽詰まった時代が来るっていう話ですよ」

「そうなの？」

カズは本で読んだ地球温暖化のメカニズムについて説明した。他の本の内容はほとんど頭に入らなかったが、温暖化の話はシンプルだった。

二酸化炭素が増えると、太陽の熱が逃げにくくなり、気温が上がる。気温が上がると北極や南極、グリーンランドやシベリアの氷も溶ける。氷が溶けると、太陽光の反射が減る。露出した地面がもっと熱を吸収する。そういうフィードバックが起こり出すと、どんどん気温は上昇し続ける。海面が上がり、海に沈む街も出てくる。環境変化についていけない生物がたくさん絶滅する。

十年後には、本当にそういうことが起こり出す、とカズが断言口調で言うと、藤崎はとても驚いていた。そんな話は初めて聞いたと言った。

ワインがもう空いていた。藤崎はウェイターを呼んで、二本目をオーダーした。

「次は何飲んじゃおうかな。ブルゴーニュのピノでお薦めは？　これ？　オーガニックだよね。じゃあ、この一九九五年お願い」

酔いが回って、カズもいつになく饒舌になっていた。オレしか知らないことをもっと誰かに話したい。その欲求が湧き上がっていた。

「もうすぐ二十一世紀じゃないですか。でも、みんな、なんとなく、日々が続いていくと思ってるだけじゃないですか、毎日、毎日、同じパターンで仕事をこなすだけで」

「わ、そんなことも考えるんだ」

「でも、これから凄く激しい時代がやってくると思うんですよ。あちこちで戦争も起こるし、地球も壊れていくし。その時に、今までと同じでやっていけるのかなって。CMだってそうだと思うんだけれど、何か今までと違ったことに挑んでいかないと、人に届かなくなるんじゃないかと思うんですよ。だって、二十一世紀になるんだから」

「カズくんって、見かけによらない思想家なんだねー。スタジオ・アシスタントじゃもったいないよ」

「いや、アシスタントだって考えるし、考えなきゃいけないんですよ、これからは」

「なんか今日は意外な展開だったなあ。たくさん教えられちゃった」

藤崎がウェイターを呼んだ。

「すみません、会計を。テーブルでお支払い？　じゃ、これで」

2000111301

槍が崎の交差点の下で駒沢通りから枝分かれした坂道を藤崎とカズは歩いていた。右手には線路。トンネルを抜けた日比谷線が代官山から下ってきた東横線と合流するあたりだ。くねった線路は高架になって、中目黒の駅に入っていく。坂道はその高架の脇を下って、目黒川を越え、ガード下の飲屋街を抜け、山手通りに出る。

目の前に見える中目黒の駅の明かりが、やけに眩しく見えた。日比谷線はもう終わっている。東横線もそろそろ終電が出る頃だろう。

藤崎はさっきのレストランで飲みかけだったボトルを下げている。

「二本目のワイン、たくさん残っちゃったからもらってきたわ。カズくん、これ今から、うちで一緒に飲まない？」

「えー、だって、藤崎さん、彼氏といるんじゃないですか？」

「だいじょうぶ、だいじょうぶ。タクシー乗ろうよ」

中目黒の駅まで下れば、カズのアパートまでは商店街を少し抜けるだけだ。なのに、駅前からタクシーに乗るのは奇妙な気分だった。まあいい。今日は奇妙な一日だった。カズはなりゆきに任せることにした。


タクシーで駒沢通りを下って、八雲のあたりに差し掛かった道路沿いに藤崎のマンションはあった。ベージュ色のタイル張りの高級そうなマンションだが、オートロックの玄関を抜けて、エレベーターで二階に昇ると、通路は意外に狭苦しかった。

「これ持っててくれる？」

藤崎がカズにワインを手渡し、ドアの鍵を開けた。表札には馬場、藤崎、とふたつの名前があるのにカズは気づいた。

薄暗いマンションの中は玄関から二手に分かれるような形になっていた。右側にも部屋があるようだが、藤崎は「こっちこっち」と左側にカズを手招いた。

「お邪魔しまーす」

カズはおそるおそる入った。

左側はキッチンと繋がったリヴィングだった。

「だいじょうぶ、だいじょうぶ、ロスアンジェルスに出張中だから」

リヴィングのソファにどさっと倒れ込んだ藤崎がそう言った。

「そうなんですか」

カズは壁際の間接照明だけがぼんやりと光る室内を見回しながら、どこに座っていいか分からず、ワインボトルを握ったまま、立っていた。藤崎は「ふー」と言ったきり、ソファにうつ伏せに崩れた形でしばらく動かなかった。

微妙な間が流れてから、藤崎は起き上がった。

「ちょっと待っててね」

藤崎が立ち上がって、キッチンの隣のバスルームに入って行ったので、カズはかわりにソファに腰掛けた。藤崎が脱ぎ捨てたミリタリー・コートから甘い匂いが香った。目の前には大きな液晶テレビがある。テーブルの上のリモコンを手にしようかどうか迷っていると、バスルームから藤崎の声がした。

「ワイングラス、そこの食器棚にあるから飲んでて」

右手にあるこの棚のことだろうか。アンティーク調の棚のガラスの中を見ると、高級そうなワイングラスがふたつ並んでいた。そのひとつを手に取るのは、盗みでも働くような気分がした。カズは急に帰りたくなった。

「すみません、オレ、やっぱり帰ります」

バスルームに向けて、そう言い残し、ドアを飛び出ると、カズは階段を駆け下った。駒沢通りに出ると、霧雨が降り出していた。中目黒まで歩くのには四十分はかかるだろう。奇妙な一日はみすぼらしい終わり方をしそうだ。まあいい。祐天寺のツタヤに寄って、エリック・サティのCDでも探してみよう。カズはジーンズのポケットに手を突っ込んで、早足で歩きだした。

ハーツクライ

2000111602

京都は紅葉の季節が始まっていた。ジーモンは京都にやってきた。デッドアイとともに。関西でも千人規模の会場でコンサートをするデッドアイだが、今でも年に一度だけ、京都の小さなライヴハウスで演奏する。土蔵を改造したそのライヴハウスは、彼らがアマチュア時代から世話になったハコだという。

京都に行ってみたい、とイシダに告げると、だったら、そのライヴに参加してくれ、とイシダは言った。DIY（DO IT YOURSELF）精神で進んできたデッドアイにとって、それは原点を確認するための特別なライヴで、毎年、友人たちと好きなことだけをやる。ジーモンがゲストで出てくれれば、最高だ。一緒に京都に行けば、あちこち案内もできる。

ジーモンはもちろん、その誘いに乗った。ただ、残念なことに、エミはツアーには参加できないということだった。


ふだんのツアーのように、大きなプロモーターが付く訳ではないので、デッドアイ一行は二台のヴァンで、東京から京都に向った。ロックンロール・フーチークー。疾走するヴァンの中で、懐かしいロック・アンセムを合唱してはしゃぐ自分に、ジーモンは驚いていた。

ヴァンに楽器を詰め込んで、ヨーロッパ中をツアーする。それが一九七〇年代のジーモンの生活だった。毎日、見知らぬ街で、見知らぬ人々と歓喜を共にする。だが、二十年前の日本へのコンサート・ツアーを最後に、ジーモンはそんな生活から足を洗った。以後は、スタジオの中で音楽を作り続けるだけの日々だった。

ところが、二十世紀の最後になって、息子のような年齢の日本のミュージシャン達と、ジーモンはまたヴァンに乗っている。人生は巡り巡る。何度でも始まる。真夜中の高速道路をひた走るヴァンの中で、ジーモンは不思議な感覚に囚われていた。何か、すとんと窪みの中にでも落ちたような感覚だった。

ジーモンはデッドアイのライヴで数曲、ギターを弾いたり、サンプラーを使って、サイン波を演奏したりした。二百人も入れば一杯の小さなライヴハウスだったが、借り物のギターを手にして、久しぶりにステージで眩しいライトを浴びるのは、ちょっと気恥ずかしかった。しかし、演奏が進むにつれて、獣が目をさますかのように、ジーモンは六〇年代に培ったロック魂が自分の身体の中でのたうち、暴れ出すのを感じた。

シングルコイルのギブソン・メロディーメイカーだというのに、ペダルも踏まずにアンプをオーヴァードライヴさせてしまうジーモンのヘヴィーヒッターぶりには、メンバーたちも目を丸くした。ジーモンとイシダが完全にユニゾンのリフを弾く時、デッドアイのサウンドは質量が数倍になったかのようだった。最後は十数分におよぶフィードバックの洪水が会場を包み、そこにいた者すべての意識を蒸発させそうになって、ライヴは終わった。その晩、デッドアイはまたひとつ、関西ロックの伝説を産み出した。

京都にもジーモンのファンはたくさんいて、終演後には次々にサインをせがまれた。八〇年代に知り合った関西アンダーグラウンドの重要人物、ワジュとの再会も嬉しかった。彼は相変わらず、心揺さぶるノイズを奏でているようだ。ジーモンは滞在中に彼の家を訪ねる約束をした。

もうひとつ、ジーモンには訪ねてみたい家があった。新大久保のスタジオで耳にしたテレフンケンのテープレコーダーを修理できるという職人の工房だ。イシダもその噂は知っていた。テープレコーダーだけでなく、いろいろなものを修理する頑固職人として、京都では有名だという。イシダが教えてくれた職人の名前はタダノリヤナギサワといった。

2000111603

木曜日のMAスタジオにはクライアントが入らなかった。西岡は機材のメインテナンスで時間をつぶし、カズは午前中から発送郵便物を作っていた。いつものようにCD－RやVHSテープを入れた封筒の山ができていく。

スタジオのロビーでは、受付嬢が化粧を直していた。カズは発送する郵便物の束を、彼女の前に積み上げた。

「これ全部、お願いします」

「ご苦労様」

珍しく、受付嬢が笑顔で挨拶を返したので、カズは奇妙に感じた。そこに西岡が後ろからやってきて、カズに紙切れを差し出した。

「カズ、こないだの京都の職人さん、連絡先分かったぞ。コレだ」

「わ、ありがとうございます」

「でも、その人、もう八十七歳だって。仕事はいまだに恐ろしく丁寧らしいんだが、頼んでも引き受けてもらうまでが大変らしいよ。しかも、モノを預けても修理してもらうのに半年はかかるらしい。代金は十万ぐらいかかっちゃうかもしれないぞ。それでも、あのマイクを直せるのは、日本ではその人だけだろうって」

「だいじょうぶです。どうしても直したいんで」

手渡されたメモ用紙には柳沢忠則という名前が、電話番号を添えて、書かれていた。


「すみません、柳沢さんでらっしゃいますか？　桃乃井と申しますが」

休憩時間にカズは携帯から電話をかけてみた。

「柳沢ですが、桃乃井さん、でいらっしゃいますか？」

落ち着いた声がした。とても八十七歳には思えない芯のある声だ。

「はい、じつはリボン・マイクの修理をお願いできるとお聞きしまして、お電話差し上げたんですが」

「リボン・マイクですね。すべてのマイクが修理できるわけではありませんが。ＲＣＡのものでしたら、オリジナルのリボンでの張り替えができます。国産のものもだいたい修理できますが、それ以外のものは見てみないと分からないことが多いです」

「グリュンベルクのV07というマイクなんですが」

「グリュンベルク、ですか」

柳沢の言葉がゆっくりになった。

「はい、祖父の遺品なんですけれども、ちゃんと使えるようにしてみたくて」

「分かりました。マイクは本当にグリュンベルクですね。そうですか、あのマイクがまだ、この世に残っているとは思いませんでした。修理はできますが、マイクをお預かりして、半年間は見ていただくことになります。代金は頂きません」

「えっ」

カズは驚いて聞き返した。代金はいらないというのは、どういうことだろう？

柳沢はゆっくりと続けた。

「桃乃井さん、あなたは桃乃井昭順さんのお孫さんですね」

「はい」

「おじいさまのことを私はよく存じております。おじいさまは素晴らしい技師でした。私はたくさんのお仕事をご一緒させていただきました。満州では本当にお世話になりました。おじいさまのグリュンベルクV07は私が蘇らせます。そのかわり、お願いがあります。どうかお使いになってください。何か良いことにお使いになって下さい」

「はい」

「そのマイクはナチスドイツが作った特別なものです。しかし、本当に素晴らしいマイクです。桃乃井さん、今、それを蘇らせるからには、何か良いことにお役立てして頂きたいのです」

カズは目の前のケースを開けて、グリュンベルクのV07をもう一度、眺めてみた。鈍い銀色に光る円筒形のボディは、ロケットか潜水艇のように見えてきた。祖父はスパイだったんじゃないか、と言っていた昇の話をカズは思い出した。

1913101701

柳沢忠則は一九一三年十月十七日、京都山科の仏具店の次男坊として生まれた。職人の家に育った忠則は、子供の頃から手先が器用で、工作が大好きだった。

大阪の工業専門学校を出て、東映の京都撮影所に職を得た後、一九三九年、満映が南新京に新しい撮影所を作る時に誘いを受けて、東映の同僚数人と満州へ。柳沢忠則が桃乃井昭順と出会ったのは、その満映の撮影所だった。

柳沢は撮影録音機材の保守、修理、調整の技術者として働いた。前年に満映に加わっていた録音技術の桃乃井と柳沢は意気が合った。腰が低く、難しい依頼にも、細やかな仕事で応える柳沢に、桃乃井は全幅の信頼を置いてくれた。ふたりは仕事以外でも、ざっくばらんな付き合いをした。独身だった柳沢は、しばしば、桃乃井の家にも招かれて、文枝の作る食事をごちそうになったものだった。

一九四二年に柳沢は満映の系列会社、満映光音に異動。その柳沢のところに桃乃井がグリュンベルクV07を持ち込んできたのは翌年だった。

リボン・マイクは繊細な素材を使っているので、取り扱いには細心の注意が必要だった。内部の一ミクロンにも満たない厚さのリボンは、ちょっとしたことで傷ついたり、ねじれたりして、修復不能になってしまう。ドイツから送られてきた試作品だという貴重なマイクを桃乃井は柳沢に分解させた。その時の薄氷を踏むような緊張感を柳沢はいまだに憶えている。ドイツ人の作ったマイクの内部の驚くべき精微さも。

柳沢は内部のスケッチを描き、さらに回路を注意深く辿って、回路図を作った。今でもそれは柳沢の工房の資料棚のどこかに残っているはずだ。


柳沢は満州で終戦を迎えた。運良く、終戦の直前に日本に戻った桃乃井昭順とは対照的に、柳沢はソ連軍、毛沢東の八路軍、蔣介石の国民党軍とめまぐるしく支配者の変わる長春（旧新京）市に戦後もとどまった。

柳沢は満映や満映光音の中国人社員とも、付き合いが深かった。機材の保守技術を柳沢は彼らに教えていた。その職人肌の仕事ぶりは、中国人社員からも多くの尊敬を集めていた。

満映の機材が中国共産党の組織した東北電影工作者聯盟に接収されると、柳沢は中国人にまじって、その保守のために働き続けた。柳沢だけでなく、満映の日本人社員の多くが、帰国することなく、旧満映住宅に住み続け、東北電影工作者聯盟のために働いていた。仕事の多くは、共産党のためのプロパガンダ映画の制作だった。

一九四六年、国民党軍が勢力を増して、長春では市街戦が続いた。国民党軍が市内を征圧すると、東北電影工作者聯盟は満映から引き継いだ主要な機材を興山市に移動させた。柳沢も興山市に避難し、その後、一九四八年まで興山市で仕事を続けた。戦争に負けた故国に戻っても、無一文で、明日のことも分からない。それよりは、自分が必要とされている仕事がある場所にとどまろう。そう柳沢は考えていた。一九四八年にようやく帰国することになったのは、中国側が日本人社員のリストラを始めたからだった。中国語を不自由なく話すようになっていた柳沢は、中国に帰化する道も考えたが、望郷の念には抗い難くなり、帰国を選んだ。

山科に戻った柳沢はほどなく、放送機器メーカーの海星無線に技術者の職を得て、滋賀の工場で働いた。一九五一年、東昭電気を設立した桃乃井昭順が、柳沢を東京に呼び寄せようとした。国産のテープレコーダーを開発するという桃乃井の計画に、柳沢は強い興味を惹かれたが、前年に結婚して、子供をもうけたばかりだったこともあって、京都周辺を離れるのは難しく、誘いを辞退した。

一九六九年に海星無線を退職した柳沢は、山科でラジオやオーディオの修理工房を始めた。子育ても終わり、好きな仕事だけをして過ごす、悠々とした日々だった。しかし、一九七〇年代になると、柳沢が修理するような真空管式の製品は、姿を消していった。さらに、真空管にとって替わったトランジスタも、一九八〇年代になるとＩＣにとって替わられた。ＩＣを使った電子機器を柳沢は扱わなかった。日進月歩する集積回路はもはや、柳沢の知識や技術で扱えるものではなかったからだ。

かわりに、柳沢は電気回路よりも、繊細な機械部分を持った機器の修理を専門に扱うことにした。メーカーが修理しなくなったオープン・タイプのテープレコーダーの修理を引き受けた。古い八ミリのカメラや映写機も修理した。足踏みオルガンやアコーディオンの修理も行った。蜜蠟を使って空気箱を貼り直し、音の出なくなった古い足踏みオルガンを蘇らせるのは、中でも柳沢の大好きな仕事のひとつになった。


一九九〇年には柳沢は七十七歳になった。もう引退すべき年齢だった。だが、九〇年代になると、修理の依頼は逆に増え始めた。アンティーク・ブームの影響もあって、柳沢が扱うような品物の修理の需要が急に高まったのだ。

とりわけ、古いテープレコーダーの修理調整が出来る職人は、他には東京の立川にひとり残っているくらいだった。柳沢の仕事の丁寧さは評判を呼び、レコーディング・スタジオなどからも、修理の依頼が来るようになった。大型のテープレコーダーの修理調整は一度に何台もできないので、いつしか、柳沢の仕事は三ヶ月から六ヶ月待ちという具合になっていった。八十歳を過ぎてから、柳沢は人生のどんな時よりも、自分が世界に必要とされていることを実感するようになった。

九〇年代の後半になると、もうひとつのブームがやってきた。古いリボン・マイクが見直され始めたのだ。なぜか若者達が古い東芝やアイワのリボン・マイクを持ち込むようになった。放送局の倉庫などに眠っていた往年のRCAの名機、44Bや77DXも柳沢はたくさん復活させた。

出力が小さく、扱いが難しいリボン・マイクは一九七〇年代以後、ほとんど姿を消していたが、その音質は他のマイクでは得られないことが再認識され始めたのだろう。柳沢は甥の潤平の助力を得て、アメリカのニュージャージーに住むRCAを退職した技術者と、インターネットで連絡を取るようになった。柳沢と同い年のその技術者は、当時のRCAのオリジナル部品をたくさんストックしていた。柳沢はそれを少し、買い取ることにした。RCAのオリジナル部品で44Bや77DXを修理できる、世界でも数少ないマイクの修理工房が、京都の山科に生まれることになった。

おかげで、柳沢は辞めたくても辞められなくなった。自分の技術を引き継ぐ者はいない。自分が生きている間は、自分しかできない修理を続けよう。八十七歳の柳沢はそう考えて、仕事を続けていた。だが、死ぬまでにもう一度、あのグリュンベルクV07に触れる機会が訪れるとは、夢にも思わなかった。

きっと、二十世紀が自分に与えた最後の大仕事なのだろう。柳沢は資料棚のところにいって、五十年以上前に描いたスケッチと回路図を探し始めた。

2000111701

金曜の晩、仕事が早く終わったので、カズは中野の家に寄ることにした。祖父の遺品たちをもう一度、見てみたくなったのだ。

二階に昇って、明かりをつけると、カズはゆっくりと埃よけの布をすべてはがしていった。巨大なテープレコーダー。大きなつまみとメーターが付いた沢山の機材はアンプやリミッターや通信機なのだろうか。左手の本棚の脇には古い蓄音機や写真の引き伸ばし機。本当にスパイの基地みたいな部屋だとカズは思った。

昇が言うにはオレは祖父の生まれ変わりだそうだ。ここにあるすべては、オレのために保存されてきたのではないか。カズはそんな気分にもなってきた。オレは未来を盗視するスパイなのかもしれない。

しかし、なぜ、オレは未来に呼び出されるのだろう？　世界を救う予言者にでもなれというのだろうか。

タイムスリップで何年後の未来に出るのかは、予測がつかない。どこかに規則性があるんじゃないかと、カズはしばしば考えてみたが、分からないままだった。しかし、偶然どこかに出てしまうわけでもなさそうだ。出口のあるところにしか出ていない。何か強い力に呼び出されるようにして、その日の、その時刻に向けてのタイムスリップは起こっている。なぜか、カズはそう信じるようになっていた。

地下鉄の彼女がオレを呼び出すのだろうか？　そう考えてもみたが、彼女が、彼女の目で地下鉄の車内を見ている別の意識の存在に気づいたことはないように思われた。オレの存在は彼女にはなんの影響も与えていない。無害な霊が取り憑いているようなものなのかもしれない。


カズはミネラル・ウォーターで少し口を湿らしてから、いつものようにリュックからタングステン球を取り出した。美沙緒への罪悪感が少し頭をもたげた。タイムスリップを試みるのは、あの入院騒ぎの時以来だ。今日は注意深く一度だけで終える、と心に決めていた。どのみち、タングステン球はひとつしかない。

タングステン球を装着して、カヴァーを閉めて、スライド映写機のスイッチを押した。ぶーんという音とともに、あの匂いが立ち昇り、カズは地下鉄の車内の彼女の中に滑り込んだ。それが乗り慣れた半蔵門線であるのは、すぐ分かった。

2005122601

リキは買ったばかりの白いｉＰｏｄでジャン・イヴ・ティボーデの演奏するエリック・サティの「天国の英雄的な門の前奏曲」を聞いていた。

青山一丁目にあるレコード会社で、午前十一時からリキのファースト・アルバムの宣伝打ち合わせが始まる。リキはたくさんのことを思い出していた。ここまで来るのに五年かかった。レコーディングを終えてからも一年半が過ぎている。おかげで、私は二十九歳の新人アーティストということになってしまった。もっとも、デビューなどという感覚はリキの中にはまったくないのだが。

私がやれること、私しかやれないこと、私がやらなかったら、時の彼方に藻くずのように流され、消えてしまうこと……それを私は守り残した。リキの中に残っているのは、そんな感覚だけだ。

二〇〇六年の初めに出るリキのファースト・アルバムのタイトルは『時の窪みで』という。人は時々、窪みのような時間の中に落ちることがある。過去を巻き戻したり、未来を透かし見たりする時間の中に。リキの音楽は、そんな時の窪みで聞こえてくるような音楽だ。そう言ったのは、アルバムのドイツ人プロデューサーだった。

地下鉄の中で、この五年間を反芻しながら、リキは自分自身がそんな時の窪みに落ちたような気持ちになった。

半蔵門線の車内は軽く空席が目立つくらいだった。出勤時間の遅いサラリーマン達があちこちでスポーツ新聞を読んでいる。リキの正面のシートに座ったひとりもそうだった。一面の見出しが何気なくリキの目にも入った。ハーツクライという馬がレースに勝ったらしい。なんと悲しい名前の馬なんだろう。そんな思いが頭の中をかすめた。

リキはｉＰｏｄの音楽をとめて、少しの間、目を閉じた。

暗闇がすうっと明るくなると、正面に座ったサラリーマンが日刊スポーツを拡げていた。一面の見出しを読み取るのに、今日は苦労はいらなかった。二〇〇五年の有馬記念。ディープインパクト敗れる。勝ったのはハーツクライ。

カズはついにもらった、と思った。競馬ならば話はシンプルだ。前日に消費者金融で大金を借りて、注ぎこめばいいだけだ。

目覚めると、カズは階段を駆け下りた。ずっと閉め忘れたままになっていた庭側の雨戸を閉め、外に出て、夜の空気に触れると、よけいに興奮が増した。これは現実だ。早稲田通りを歩きながら、カズは裕美に電話した。

「はい」

裕美にしては珍しい電話の取り方だった。

「どうしてるの？」

「うーん、別に」

「オレ、金持ちになれるかも」

「そう、良かったじゃない」

「億万長者も夢じゃないんだよ」

「はいはい、ちょっと今、鍋を火にかけてて、手が離せないんだ。その件はまた、かけなおすでいい？」

電話は切れた。

仕方がない。裕美に説明しようがないのは変わりがない。カズはそれを思い出した。ドルレートが上がるはずだ、というくらいの話ならともかく、五年後の競馬の当たり馬を知っている、では気が狂ったとしか思われないだろう。


祝杯はひとりで上げるしかない。カズはコンビニに飛び込んで、缶ビールを買った。ビールをちびちび口にしながら、中野ブロードウェイの中を抜けて行くと、知らない世界に入りこんだような気持ちになってきた。狭いスペースにこれでもかというほど衣服やアクセサリーやおもちゃを詰め込んだ店舗が並ぶ通路は、色とりどりのモザイク模様のトンネルのようだった。トンネルを過ぎると、駅までの長いアーケードが続く。

このまま駅に着いてみたら、今日が別の日にちになっていたりすることはないのだろうか？そうなったらそうなったで面白いだろう。オレはもう後戻りするつもりはない。

アーケードの中は妙に眩しく、すべてがコンストラストを増して見えた。すれ違う人々と自分が違う人間であることをカズは強く意識した。オレは時間旅行者なのだから。

2000111703

裕美は遅い夕食を作っていた。スープとサラダとパスタのメニュー。

「なんだかカフェみたいだね、この部屋」

遊びにきていた裕美の会社の同僚の男が、電話が終わった裕美に声をかけた。

「オレ、飲み物買ってこようか」

「うん、白ワインがいいな」

裕美はキッチンで浮かない顔をしていたのを気づかれないように、笑顔で振り返りながら答えた。

歩いてる

2000111801

「カズ、たまには飲みはどうだ？」

仕事終わりに珍しく西岡がカズを誘った。カズはふだんは同僚と飲みに行ったりはしない。西岡もそれは知っているはずだが、今日は土曜日なのに出だったので、オレ以外に飲みの相手が見つからないのだろう。西岡には報告もしなければいけない。カズは行くことにした。

「いいですよ、どこ行きます？」

「よーし、麹町の方にできた焼酎がたくさんある店に行こう」

西岡は嬉しそうだった。

居酒屋でカズは柳沢という老職人との話を西岡に報告した。話を聞くうちに、西岡の目の色が変わっていくのが分かった。

「そりゃあ、すっごい偶然だな、おじいさんの知り合いだったんなんて」

「そうなんですよ」

「それでマイクのことはどう言っていた？」

「ナチスドイツが作った特別なマイクだそうです」

「やっぱりそうか。中開けてみたら、鍵十字のマークが入っているかもしれないな」

「それで、ただで修理するかわりに、マイクは良いことに使ってください、と言われました」

「ええっ、ただで？　カズ、オマエ、なんか凄い人と知りあいになったんじゃないか」

「はい、だからオレ、京都までマイク持って、行ってみようかと思ってるんですよ。いろいろ話を聞いてみたいんですよね、戦前のこととか。オレ、祖父を知らないんで。オレが生まれた年に死んじゃったんで」

「そうかあ、それは残念だな。おじいさんには会ったことないのか。でも、面白いな、そんなおじいちゃんの昔の知り合いに会いに行くなんて。時を遡って旅行するみたいな感じじゃないか」

「先輩、そういうの興味ありますか？」

「なんだい？」

「時間旅行ってあるじゃないですか？　バック・トゥ・ザ・フューチャーとか、映画でも」

「あー、戦国自衛隊とかな。ただ、パラドックスっていうのがあるだろ？　時間旅行には。過去を変えちゃいけないとかいう。あれがいつも納得いかない」

「でもパラドックスのない時間旅行ができるとしたらどうします？」

「ええ？」

「先輩、二〇〇六年に皆既日食があるの知ってます？」

「知らないよ」

「トルコとか、北アフリカのあたりであるんです」

「なんでそんなこと知っているんだよ」

「本に書いてありますから。知っている人は知っているんですよ。そういう未来の情報って」

「あー、それで」

「天体観測をすれば分かるじゃないですか。そういう未来の星の動きが人間には。それだって時間旅行みたいなものじゃないですか」

「ちょっと待て、ちょっと待てよ。なんとなく言わんとすることは分かるけどな。確かに人間は犬や猫よりは過去や未来をよく知っている動物だよな。宇宙の始まりはビッグバンだとか、誰も見たこともないのに常識だったり」

「あー、そうですね」

「そういうのも時間旅行だってことか」

「そうです、そうです」

「でも、それは自分の生きている時間とは関係ないからなあ。太陽だっていつかは燃え尽きるって分かってるけど、オレには関係ない。とっくに死んでるからな。自分が明日、この道で石につまづいて転ぶって知るのとは違うだろ。そういうことを知っちゃうと、その道を通るのをやめて、そこからパラドックスが起こるんじゃないか」

「でも、天体望遠鏡を覗いていた人が六年後に皆既日食が起こるって知って、それをみんなに知らせても、パラドックスは起こらないですよね。自分と直接、関わらない未来の情報を手に入れるだけなら」

「うーん、そうなのかな」

「人が知っても知らなくても、皆既日食は起こりますよね」

「いや、でも、それを聞いたオレが月を爆破しちゃったらどうする？」

「えーっ？　じゃ、西岡さんには教えないですよ」

「そうやってオレが未来が変えちゃう可能性はどうなんだ？　オレが生きている時間内のことだったら、オレは何するか分からんぞ。それとも、何かがオレを阻んで、爆破はできないようにしてしまうのかな？　石にけつまづいて、転んじまうとか」

「その何かって、神ってことですか？」

「ああ、そうかもしれんな。人が神に背く、というのは、神が知っている未来とは違う未来を作ろうすることなのかもしれない。そこから、どんどんパラレル・ワールドができてしまって、神を困らせるとか、うーん、しかし、ちょっと今日はもう頭がまわらん。カズ、オマエ、最近、ホント難しいこと言うようになったなあ」


カズがお湯割を二杯飲む間に、西岡は違う焼酎をもう四杯も試していた。麦も芋もカズには違いが分からなかったが、西岡はゴキゲンのようだ。雑居ビルの地下の居酒屋を後にして、靖国通りに出たところで、西岡が大きな声で言った。

「おいっ、牛丼食おうか」

「えーっ、まだ食うんすか?」

さっきの居酒屋でもけっこう食べたはずだったが、西岡の食欲はとまらないようだ。

「あー、でも先輩、今のうちに食べておいた方がいいかもしれないすよ、牛丼」

「何言ってるんだよ、オマエ。牛丼なんていつだって四百円あれば食べられるぞ。食おうぜ、汁だくで」

それが食べられなくなるんだから、未来というのは想定外のことだらけなんですよ。カズはそんな言葉を飲みこみながら、牛丼屋のドアをくぐった。

2000111901

ゆうべは西岡につきあって、不健康がすぎた。まだ動き出す気にはなれない、だるい日曜日の朝だった。しかし、美沙緒からの電話で、カズは早くに起こされてしまった。美沙緒は少し怒った口調だった。

「あなた、また家の電話を止められているでしょう?」

美沙緒にそう言われて、カズが確かめてみると、確かに据え置きの電話は止まってしまっていた。不払いで止められたのはこれで二度目になる。滅多に使うことのない電話だから、月初めに督促状が来ていたなと思っても、そのままにしてしまっていたのだ。

「どうして、銀行引き落としにしないの？　その方が手間もかからないでしょう」

「ああ、一度、手続きをしたんだけれど、ハンコが間違っているとかで、できなかったんだよ」

「あなたはいっつも、そんなことを言っているよね」

ほとんど使わない電話なのに解約せずにいたのは、インターネットに繋ぐことを考えていたからだった。コンピューターを買って、インターネットの契約をして、電話料金の銀行引き落としの手続きもしよう。今日にでもする。カズはそう決めて、美沙緒には平謝りすることにした。

「ごめんなさい、ミサオちゃん。ちゃんとしますから」

「ハンコはあるの？」

「あります、あります」

だが、美沙緒はどうして据え置きの方に電話したのだろう？　訝しく思ったカズは、言い加えた。

「でも、ミサオちゃん、こっちかけてよ。据え置きはもうインターネットに使うだけにするから」

「私が電話したんじゃないわよ。昇さんがあなたに電話しても、繋がらないって」

「あー」

「それで、私の方に電話がきちゃったのよ」

これは昇からも嫌味を言われそうだと思いつつ、カズは聞いた。

「ごめんなさい。それで、昇さんはなんだって？」

「佐和子おばさん、見つかったって」

「えっ、ホントですか？」

「うん、佐和子さんは海外旅行中だったんだけど、ロンドンで事故に遭って、帰れなくなっているらしいわ。でも、二、三日前に昇さんのところに電話があって、心配はないって」

「ええっ、事故ってどんな？」

「交通事故だって。昇さんもビックリして、ロンドンまで救援に行かなきゃいけないかと思ったそうよ。でも、もう退院もしていて、ロンドンのお友達のところにお世話になっているから、大丈夫だって」

「ああ、それは良かった」

「お帰りになったら、一度、私も一緒にご挨拶に行かなければいけないわね」

美沙緒にそう言われて、カズの中では整理のつかない感情が頭をもたげた。靖春の生前にはなかった親戚づきあいがだんだん生まれていく。以前だったら、面倒くさいとしか思わなかっただろうが、今はちょっと違う。佐和子には会ってみたい。しかし、会ってはみたいが、その先にどんなつきあいが待っているのかは想像がつかなかった。伯母は突然、現われた甥や義理の妹を歓迎するだろうか？　美沙緒をがっかりさせるようなことが起こらないだろうか？　カズはそれを一番に案じた。

だが、いずれにしろ、あの家の居間で、祖父の写真に見下ろされながら、佐和子と自分と美沙緒が話す日が近いうちに訪れるのだろう。その光景だけはなんとなく、カズの目に浮かんでいた。

「あと、それからね、もうひとつ、私からお話したいことがあるんだけど」

美沙緒は柔らかな口調になって、さらに続けた。

「なに？」

「あのね、私、再婚するかもしれないの」

美沙緒はそう言った。

2000111902

マンションの最初の更新が迫って来ていた。二年が過ぎるのは早い。

リキがこの南麻布のマンションに越してきたのは一九九八年の十二月だった。リキが大学二年の時に、リキの家族は長年住んだ小金井を離れ、父の実家のある東千葉に家を建てて、移り住んだ。リキは一年ほど、そこから通学していたが、その後、国立で一人暮らしを始めた。南麻布に移ったのは、大学卒業後、しばらくしてからだ。

こんな都会の真ん中で暮らしているのは、仕事が仕事だからだが、リキはいつでも武蔵野が恋しい。今頃、国立の大学通りは素晴らしい紅葉だろう。国立では、近くに友達もたくさんいた。約束などしなくても、ロージナ茶房や邪宗門に行けば、たいてい誰かがいて、お喋りできたものだった。

南麻布に移って、そんな溜まり場がなくなったのは寂しかった。が、もっと寂しいのは、ピアノと一緒に暮らせなくなったことかもしれない。国立には音大生用のピアノ可のアパートやマンションもあったが、こんな都会でピアノ可の部屋を借りるのは無理だった。南麻布に移る時に、リキはアップライト・ピアノを千葉の実家に戻した。だが、ピアノなしの生活に、リキはいまだに慣れない。

恐ろしく高価なイタリア製のヴァイオリンをリキは使っている。日々の練習も、もちろん、欠かさない。だが、ヴァイオリンはあくまで仕事道具だ。ヴァイオリンという楽器が持つ扇情的なキャラクターは、実は自分という人間にそぐわないのではないか。学生時代には気がつかなかったが、最近になって、リキはそう思うようにもなっていた。

対してピアノは、リキにとっては楽器というよりは、いつでもそこにいる話し相手のようなものだった。たくさんのノートを弾くのは好きではない。ピアノに話しかけて、余韻の中に答えを聞き取る。そんな緩やかな時間がリキには大切だった。それに癒され、元気づけられてきた。

本物のピアノのかわりに、リキはデジタル・ピアノを買った。しかし、デジタル・ピアノは話し相手にはならなかった。ただ無言でリキに従ってくれる機械にすぎなかった。

それでもリキはデジタル・ピアノに向かって、作曲に励んでいた。作った曲はまだ、誰にも聞かせたことがない。理由は……自信がないから、だろう。

だが、リキはある一点において、強い自信も持っていた。自分の作っている音楽が、誰かの二番煎じだったり、似たような前例が沢山あるような音楽ではないことについては。

エリック・サティのように、リキは拍子に囚われない音楽を作っていた。譜面には小節の区切りをつけない。ただ、音符を並べて書いていくだけだ。しかし、サティの音楽とはメロディーや和声の感覚は違う。いや、違ってしまう、と言った方が良さそうだ。大好きなサティの曲を思い浮かべて作り始めたとしても、何時間か後には、リキはまったく違う音楽の森の中で自分自身を発見する。生まれ育った武蔵野の風景が、リキの選びとる音に強い影を落としているからかもしれない。

反復を多く使うのもリキの音楽の特徴だったが、それもミニマル・ミュージックの単純な反復とは違うものだった。楽譜のとある場所からとある場所に立ち戻るポイントが曲の中にいくつも仕掛けられていて、反復はするのだが、それは小節単位では起らないし、異なる要素が異なったタイミングで反復するので、反復した時には同じ音符の配列が違う意味を持っている。

例えば、「歩いてる」という曲は印象的な五つのノートから始まる。その五音からなるメロディーは曲中に何度も立ち現われ、その度に違う風景を紡ぎ出し、最後にはその五音が終焉のメロディーになる。ようやく冒頭に戻ったかと思った瞬間に、始まりが終わりになってしまうのだが、終わった後の静寂の中で、終わりが始まりだったことも浮かび上がってくる。そんな曲だ。

といっても、リキは特別な理論に基づいて、曲を作っている訳ではなかった。ピアノで作曲を始めた、というよりは、ただ好きなように弾いて過ごすことを始めたのは、思えば、幼い頃だった。いくつかの大切なメロディーをリキは探し当てたが、小学校に入って、ヴァイオリンを始めてからは、どこかにしまい忘れてしまった。

それらが戻ってきたのは大学の半ば、一人暮しをするようになってからだ。あるいは、当時の失恋がきっかけだったのかもしれない。ピアノに向かって、自分が気持ち良い音をただ連ねていく時間を重ねるうちに、リキはそこにある自分らしさに気づくようになった。たぶん、それは子供の頃からずっと変わらずに保存されていた無意識的な感覚に違いなかった。ピアノを採譜して、じっくり譜面を眺めてから、ああ、この曲はこうなっていたんだ、と気づくことが多かった。どうして、自分が作る音楽が奇妙な時間軸の構造を持ってしまうのかは、リキ自身にも分からなかった。

リキにとっての最大の問題は、そんな自分の曲が自分以外の人にとって良い音楽なのかどうなのか、まるっきり判断がつかないことだった。

私がピアノで奏でている音楽は、世の中にある、ほとんどの音楽とは似ていない。そういう確信を深めれば深めるほど、一方ではそれが良い音楽かどうかの判断材料はなくなり、人に聞かせる自信がなくなる。そんなジレンマの中にリキはいた。

その日もリキはデジタル・ピアノで作曲を続けていた。気がつくと、今日は家から一歩も出ていない。気分転換に夕飯のための買い物に出ようかと思っていると、絵美から電話がかかってきた。絵美はギャラの良い仕事をひとつ回してくれた。ありがたい。来月は更新料があるので、助かった。

そういえば、こないだのデートの時に、絵美から謎な京都土産をもらっていたのをリキは思い出した。

「ああ、あれね、あれは京コマっていうコマ」

絵美は説明した。

「なんで、コマなんてくれたの？　お正月用？」

「京都のお守りなんだよ。頭の回転が良くなるっていう」

「えー、頭の回転がよくなるお守り？」

「そう、リキにはコレだって思って」

「あははは、ひどくなーい、そんなトロイと思われてたんだ、アタシ。絵美、最近のアタシはちょっと違うんだからね」

絵美と久しぶりに長話が始まって、リキは楽しくなった。絵美は石田のバンドのレコーディングに参加した話や、そのプロデューサーとして来日したドイツのミュージシャンの話をたくさん聞かせてくれた。

「楽しそうだね、そんな風にレコーディングできたら」

「考え方が違うんだよ、ジーモンは。一応、最初は譜面があるんだけど、始まると、自分で設計図を投げ捨てちゃうの。君と僕で、今、この時間に起こるハプニングを録りたいって」

「面白い人だね」

「ハゲだけどね」

ドイツのロック・ミュージシャンというので、リキはなんとなく背が高くて、長髪で、彫りの深い顔をした男を想像していたのだが、どうやら違うらしい。五十過ぎで、もさっとしていて、いつも古ぼけたツイードのジャケットを着ている学校の先生みたいな人だと絵美は説明した。

「でも、素敵な人なんだよ」

「出た、絵美のハゲ好き」

「違うってば」

「だって、大学の時もあったじゃない、竹内先生の愛人なんじゃないか疑惑とか」

「違うってば、もう、ひどいなあ」

リキは羨ましくなった。好奇心旺盛な絵美は面白い人と知りあうのも上手い。

「ねえ、聞いてみたいなー、そのデッドアイの新しいの」

「うん、リキに聞かせたいよ。ねえねえ、あさっての火曜日、暇だったら、遊びに来ない？」

「行く行く」

「ホント？　じゃあ、何時にする？」

絵美はどんどん先に行こうとしている。私もトロイと思われているままじゃいけない。明後日の約束をして、電話を切ってから、リキはあることを心に決めた。

2000111903

コンピューターを買いに行くと決めたカズは、裕美に電話した。裕美とはもう三週間、会っていなかった。あの入院事件以来、電話でもぎくしゃくしたままだ。会っていないのだから、もちろん、セックスもしていない。こんなに間があいたのは、つきあい始めてからなかったことだ。

だが、コンピューターを買いに行きたいから、つきあってくれないか、と頼んでみると、裕美は親身になって、いろいろ考えてくれた。マッキントッシュを買うなら、渋谷には適当な店がない。新宿のソフマップだろう、ということで、カズと裕美は遅い午後に新宿で待ち合せることになった。

思えば、ひどい喧嘩をしたわけでもなかった。ちょっとした行き違いで、間が空いてしまっただけだ。携帯で連絡を取り合って、駅で裕美と落ち合うと、ふだんと変わりない日曜日の午後のデートが始まった。スターバックスで裕美はいつものようにダブルショットのラテを頼む。カズは今日のコーヒーにミルクをたくさん注ぐ。いつもと少しだけ違ったことといえば、裕美がコンタクトではなく、黒斑の眼鏡姿で現われ、いつになくフェミニンなロング・スカートを穿いていたことくらいだ。

裕美が特に何も聞かないので、カズも面倒なことは話さないままにした。どれも裕美とは関わりのないことだ。佐和子のことや美沙緒のことはそのうち裕美にも話すのかもしれないが、それも出来れば、遠い先のことにしておきたかった。

日曜日の新宿は人でごった返していた。久しぶりにオレはあっちの世界からこっちの世界へ帰ってきた。裕美と手を繋いで、西口への横断歩道を渡っていくと、カズはなぜか、そんな気分にもなった。

「ホントに買うの？」

ソフマップの前まで来ても、裕美はまだ、カズにそう聞いた。

「もちろん。買う時はさくっと買うよ。男の六十回払いでね」

電話で裕美は頭金を貸そうか？　と言ったが、カズは断った。五年間は頑張る。だが、五年後にはハークライが来る。


カズはソフマップで、マッキントッシュのG4を買った。オーディオボードと波形編集ソフトも買った。インターネットの契約もした。品物は配送してもらうことにして、ふたりは新宿御苑まで散歩に出掛けた。だが、着いた頃には閉園時間が迫っていたので、結局、御苑の中には入らなかった。

いつもだったら、裕美が足が痛いと言い始めそうな頃合いだったが、ふたりはよく歩いた。今日は裕美の家に行くことになるだろう、とカズは思っていたが、夕暮れ時になっても、裕美はなかなか「うちに来る？」とは言わなかった。今日は日曜日だから「泊まる？」はないはずだが、「うちに来る？」ならあるはずだった。だが、決めるのはいつも裕美だ。

日が落ちて、空と地面が同じ灰色に染まり、急に気温が下がってきていた。

「ねえ、この鍋食べない？」

四谷方向に歩いているうちに通りかかった中華料理店の看板の前で、裕美がそう言ったので、今日はセックスはなしだ、とカズは察した。ちょうど、運の悪い日だったのかもしれないが、カズもまあ、それでも良いという気分になっていた。こっちの世界は代わり映えがしない。どうしても追い求めたいスリルがあるわけではなかった。

「おめでとう」

裕美はビールで乾杯してくれた。それからふたりは唐辛子で真っ赤に染まった鍋をつついた。途中で、裕美の携帯に電話が入って、裕美は店の外に出て行って、話していた。数分経っても戻ってこなかったので、カズはコンロの火を消して待っていた。

戻ってきた裕美は上司との不倫をやめることのできない友達の話を始めた。カズは知らない友達なので、ただ、適当な相づちを打つしかない話だった。そもそも、裕美とカズには共通の友人はほとんどいない。

ふたりが知り合ったのは、冗談のようなアクシデントからだった。去年の七月、蒸し暑い夏の日の夕方だった。カズが自転車に乗っていると、中目黒と祐天寺の間の住宅街の中で、片足が裸足の女が立ち尽くしていた。カズは一度、彼女の脇を通り過ぎたが、気になって、振り返ってみた。それが裕美だった。

「どうかしましたか?」とカズが声をかけると、裕美が事情を説明した。ハイヒールのサンダルのかかとがマンホールの蓋の小さな穴に刺さって、どうしても抜けなくなっている。優しそうな男の子だったので、助けてくれそうに思えた、と後で裕美は言っていた。

カズは穴に刺さっているヒールをつまんで、抜こうとしたが、本当に抜けなかった。無理をすると、ヒールが折れてしまいそうだった。しかし、少しずつヒールを回しながら抜いてみると、最後にはするっと靴は抜けた。ヒールもそんなに傷ついてはいなかった。

歩きながら話してみると、当時、カズがバイトしていた中目黒の古着屋を裕美は知っていた。何度か買い物をしたことがあるという。携帯の番号を交換すると、翌日には裕美から電話がかかってきた。

裕美が友人の恋愛トラブルの話ばかりしているのは、オレに向けたメッセージなのかもしれない。カズはそう思ったが、裕美はそれ以上、自分たちのつきあいについて、話を向けることはなかった。それとも、オレのほうから何か切り出さねばいけないのだろうか。しかし、どう切り出せというのだろう。物事を先に進めるということは、たいていいつも、終わりを引き寄せるということだ。オレもその程度には、人生ってものを知りつつある。

料理はほとんどなくなっていたが、なぜか、裕美がビールを追加した。だが、また携帯に電話がかかってきて、裕美は外に出て行った。冷え過ぎたビール瓶を前にしたカズはさすがに苛ついた。割り勘とはいえ、勘定も結構な額になっているはずだ。

戻ってくると、裕美は会社のメールアドレスを書いたメモをカズに渡し、「でも、あまり私用には使えないからね」と言った。中華料理屋を出たふたりは、四谷三丁目の駅でそれぞれ別方向の地下鉄を選んだ。来週末に裕美は実家に帰るというので、次の約束はしないままだった。

2000112101

出がけに郵便受けを見ると、佐和子からエアメールが来ていた。ロンドンの住所からだった。これまでは絵葉書だったが、今回は封書だ。リキは急いで封を開けて、マンションの玄関内で立ったまま、手紙を読んだ。

手紙には、ロンドンで乗っていたタクシーが追突事故に遭い、軽いムチ打ち症になってしまったこと。念のために二日ほど入院した後、ロンドン郊外のサウスフィールドに住んでいるかつての教え子の夫婦宅に世話になっていること。旅行保険に入っていたので、お金の心配は要らないこと。もう飛行機に乗れる状態になったので、十一月の終わりに帰国予定だということが簡潔に書いてあった。佐和子のことだから、本当は大変だったとしても、心配させないように書いているのかもしれない。リキはそう思ったが、とりあえずは胸を撫で下ろした。

目黒区の大岡山にある絵美のマンションに遊びにいくのは、久しぶりだった。絵美は大学生の妹とふたりで暮らしている。実家からは十分な仕送りがあるのだろう。ふだんはあまり感じないが、暮らしぶりを覗くと、クラスの違いは明らかだった。斜面に建ったマンションは沢山の木立に囲まれていて、玄関から薄暗い通路を一番奥まで進んだ一階の部屋なのに、反対側がすとんと落ちた崖のようになっているので、中に入ると開放感がある。誰かを招き入れてもベッドルームを見せずに済む、広々とした間取りも羨ましい。が、それ以上に羨ましいのはアップライトとはいえ、ピアノがあることだ。

絵美はデッドアイの新しいアルバムをCD－Rで聞かせてくれた。苦いコード感のヘヴィ・ロックとクラシカルな弦楽器、管楽器が風変わりなアレンジで組み合わされている。かと思うと、つんのめったレゲエのような奇妙なリズムの曲が出てきたり、暴力的に疾走するハイスピードのロックンロールが出てきたりもする。石田の歌は古風な日本語を使いつつ、腹の底から感情を吐き出す凄みがある。ロックをほとんど聞かないリキにも、ずしりとした手応えが伝わるアルバムだった。

「なんか楽器の絡みあい方が、日本のバンドじゃないみたい」

「そうだねえ。レコード会社の人は売れるかどうか、心配しているみたいだよ。でも、石田くんは最高傑作だって」

最後の曲のエンディングでは暴力的なエレクトロ・ビートにノイジーなギターが織り重なって、アブストラクトな混沌が最高潮に達する中、絵美のチェロがエキゾチックな変拍子のメロディーを延々と繰り返す。キッチンから絵美が紅茶を入れ直して戻ってきたところで、突然すべてがカットアウトされて、静寂が訪れた。

「すごーい、絵美」

「自分でもビックリするよね。こんなのができたんだって」

絵美がニコニコしながら、そう言った。

リキはそろそろ、ゆうべの決心を実行することにした。

「ねえ、絵美、私のピアノを聞いてもらっていい？」

「もちろん。聞かせてよ」

絵美はさらっと言った。

リキはヤマハのアップライト・ピアノの前に座った。緊張する。が、久々に本物のピアノに触れた嬉しさが、よけいな感情を吹き飛ばしてくれた。リキが話しかければ、ピアノが答えてくれる。最初の一音を弾き始めるまでは怖かったが、それを思い出したら、あとは、真摯な会話を続ければよいだけだった。


リキが演奏を終えても、絵美は無言だった。

リキが不安になって振り向くと、絵美はそこでようやく、ふっと我に返ったように、音の出ない小さな拍手の素振りだけした。

「なんかふわーっとして、京都の山あいを思い出してた。竹林が風にゆっくり揺れているみたいな、そんな感じ」

絵美はため息をつくような感じでそう言った。

「本当？」

「聞いているうちに、ピアノを聞いているっていうより、どんどん景色が移り変わっていって、どこに運ばれて行くんだろうって、そんな気持ちになっちゃった」

絵美はいつになく穏やかな口調だった。窓から差し込む木漏れ日が、彼女が座っているダイニング・テーブルの回りを優しく包んでいた。このうえなく幸せな午後が訪れたのをリキは感じた。

「あー、勇気出して良かったー。実は人前で弾くの初めてだったんだ」

「そうだったの？」

「すっごい緊張しちゃった。私、ピアノは上手じゃないし。でも、やっぱり本物のピアノはいいなあ。最近、あまり弾く機会がないから」

「今のはなんていう曲」

「歩いてる」

「歩いてる？」

「そう、歩いてる」

「なんかね、今までに聞いたことないような不思議な曲なのに、でも、どこか懐かしい気もしたよ」

絵美は本当に気に入ってくれたみたいだ。ピアノのそばを離れるのが惜しくは思えたが、リキは安心して、鍵盤の蓋をゆっくりと閉めた。

「ねえ、リキはヴァイオリンでやっていくの？」

ダイニング・テーブルに戻ったリキに絵美がそう聞いた。

「うーん、それも考えちゃってるんだけど。上手い人はたくさんいて、入りこめるところは少ないし。年功序列の世界だし」

「チェロの方が人も少ないから、ちょっとは楽だよねえ」

「それにオーケストラのエキストラやテレビの仕事ばかりやっているのは、なんか違うかなあって。全部が道具だなって思えちゃうの。私も道具だし、リーダーだって道具だし、音楽も結局、何かの道具だし」

「そうだよねえ。音楽を仕事にしても、窮屈な世界で退屈な音楽ばかりやってるんだったら、何のために途方もないお金かけてやってきたのかなって思っちゃうよね。ねえ、クロノス・カルテットとか、ブロドスキー・カルテットとか、ああいう自由なストリングス・カルテットをやりたくない？　私達も？」

絵美も同じフラストレーションを感じているようで、真顔になって言った。絵美とあとふたり、音大時代の友人を誘って、カルテットを作ったら楽しいだろう。そのカルテットのための曲を書いてみるのも面白いかもしれない。

「あと、私、本当はね、ヴァイオリンでっていうよりも、映画音楽とか、そういう方をやりたいなって思ったり。作曲科にいけば良かったのかな、だったら」

「えー、だって素晴らしかったよ、さっきのリキの曲。作曲科卒業した人達だって、みんな作曲家になれる訳じゃないし。何か強い表現したいものがある人だけが残るんじゃないかな」

「そうかあ」

「坂本龍一か誰かに送ってみようよ」

「えーっ」

「私しか聞いたことがないんじゃ、もったいないよ。じゃなかったら、どっかでライヴやってみるとか」

「そういう感じの音楽じゃないから」

「何曲あるの、こういう曲が」

「人に聞かせられるのはまだ七、八曲かなあ」

「じゃあ、レコーディングしてみれば。どっかのグランド・ピアノ借りて。それで坂本龍一に送ろう」

絵美は人をそそのかすのが上手い。でも、それは素晴らしいことだ。身近な誰かが一歩踏み出ようとする時に、すぐに水を差す人の方をリキはたくさん見てきた。できるはずがない。やめておけ。身近な人間ほど、そういう匂いを孕んだ言葉を投げる。クラシックの世界はとりわけそうだ。

絵美は逆だ。悪戯っぽく、人をそそのかす。でも、悪戯じゃないのだ、本当は。リキはそれを知っていた。

絵美は人をよく見ている。素敵な友人を増やすことに、友人をもっと素敵な友人にしていくことに、絵美は貪欲だ。だから、さりげなく私の背中も押すのだ。絵美に背中を押されると、リキはなんでもできるような気がしてくる。絵美のためにも頑張ってみたくなる。そんな才能を持っている友人は絵美だけだ。

思えば、リキは自分の曲を録音したことがなかった。譜面にすらしていない曲もある。それで忘れてしまう曲は、忘れてしまうような曲だと思っているからだ。

でも、一度、あのピアノで自分の曲を弾いてみたい。あのピアノで録音ができたら最高だろう。

リキはそのことを思い出した。

「ああ、でもね、この曲を弾いてみたいピアノはあるんだ。ベヒシュタインていう古いドイツのピアノなんだけど、佐和子先生のおうちにある」

2000112201

カズは夢を見ていた。中野の家の庭に立っている夢だった。日差しの眩しい日で、庭の芝生は青々としていた。笹の薮がさわさわと音を立て、薄い雲が高い空を凄いスピードで流れている。家の中では誰かが茶色いピアノを弾いている。澄んだ音色の中に激しい情熱を潜ませたピアノだ。ふと気がつくと、カズの傍らには少女がいた。四歳ぐらいだろうか。少女は何か喋りかけている。声は聞こえなかったが、彼女の口の動きがカズには読み取れた。

「私のピアノを聞いてくれる?」

カズは少女の目を見て、うんと頷いた。

少女が小指を突き出したので、カズは指切りをした。小さな指と小さな指が不器用に触れあった。

「今日はここらで帰ろうか」

声がして、カズは夢から醒めた。

大小のたくさんのテレビ・モニターが並んでいる。そのすべてに静止した少女の顔が映し出されている。

「こっちはキツイやろ」

声の主は映像編集スタジオのプログラマーの加藤だった。カズは映像編集スタジオの隅でうつらうつらしていたのだった。

二週間ほど前に、カズはマネージャーの鈴木に、映像編集のアシスタントもやらせてもらえないか、という相談をした。MAスタジオで同じ仕事を続けていても、これ以上のスキルはつかない。MAスタジオにクライアントが入らない日は、映像編集のスタジオでも使って欲しい、という相談だった。

映像編集のアシスタントは不足気味のようで、鈴木は「考えておく」と言ってくれた。そして、今週はお試しということで、加藤のスタジオに入ることになったのだった。

数年間はハサミを入れていないだろう長髪で、一年中Tシャツ姿の加藤は、ていねいな仕事と人当たりの良さに定評がある。有名な映像作家からも指名を受けるプログラマーだ。西岡と同じで、何を教えてくれる訳ではなかったが、彼のアシスタントにつくのは、面白そうに思えた。

「今日は全部このままでえーわ。電源も何も落とさないで。コイツらレンダリングしてるから。明日は午後いちスタート。でも、なるべく早めに来てな」

加藤は優しそうな笑みを浮かべて言った。明日の木曜日は祭日だったが、当然のごとく、映像編集のスタジオはフル稼働のようだ。

「はい。オレ、昼にはＭＡの方に来ていますから」

「あと、タクシー、領収書もらっといてな」

「はい。お疲れさまです」

カズがスタジオを出ると、お堀の向こう側にきれいなグラデーションの空が広がり始めていた。夜明けと競争するかのように、人気のない都心の道路を飛ばすタクシーで家をめざすのは、悪くない気分だった。

2000112401

夜九時台の新幹線で仙台に向う予定だった裕美は、少し時間を持て余したので、東京駅のコインロッカーにスーツケースを預けて、日本橋まで散歩することにした。丸善の屋上で夕食にハヤシライスを食べてから、本のフロアをめぐって、カズの誕生日プレゼントを物色する。裕美は美術系の洋書が好きだった。が、ちょっと前までだったら、カズへのプレゼントに美術書をとは、考えもしなかっただろう。

だが、最近のカズはなにやら難しい本を持ち歩いている。音楽や映像を扱うにはマッキントッシュだと言って、裕美の反対を押し切って、マックを買った。裕美はそんなカズの変化をポジティヴに受け取れずにいた自分を悔いていた。カズだって変わっていく。一緒に、私も変わっていけば良かったのだ。

ジョエル・メイヨウィッツの写真集に心惹かれたが、荷物になるので、裕美は買うのは思いとどまった。誕生日にはもう少し、間がある。また、寄ることにしよう。裕美は自分用のファッション雑誌だけを買って、東京駅に戻った。ビルの間を吹き抜ける風が冷たさを増していた。仙台はそろそろ初雪が降る頃だろう。

仙台に戻るのは、友人の雪枝の結婚式に出席するためだった。実家に寄るのも、思えば、今年は正月以来だ。今夜は長町の実家に泊まるが、明日はパーティーで遅くなることを考えて、仙台駅近くのホテルを取った。実家に戻っても、最近は居場所がないように感じる。たぶん、それは今の自分の生活スタイルが、両親が守っている生活スタイルと違い過ぎてしまったからかもしれない。明日の朝は布団を上げて、ちゃぶ台を出したら、リプトンのティーバッグか、ネスカフェの粉末コーヒーのどちらを飲むか、選ばねばならない。一日は良いが、二日連続は辛い。裕美はそんなことをぼんやりと考えた。

高校時代の友人の雪枝は、仙台を離れなかった。地元の大学に行き、地元で就職し、地元の男と結婚する。女子校の仲良しグループの半分はそっちを選んだ。彼女達は百万都市、仙台は十分に都会だと思って、暮らし続けるのだろう。それはそれで幸せに違いない。

新幹線は寂しいくらいにすいていた。夜景というほどのものにもならない車窓の向こう側の闇を見ながら、裕美はまた考え込んだ。この一ヶ月の間におかしなことになってしまった。過ちは自分にある。つまらない浮気をして、面倒くさいことになった。カズもおかしいと思っているだろう。いつもセックスに誘うのは裕美の側からだったが、こんなに間を空けたことはなかった。

だが、裕美はカズを部屋に呼べずにいた。罪悪感が充満した部屋の中で、平静に過ごせる自信がなかった。

いっそのこと、引っ越してしまいたい。裕美はそう思った。私も新しくなりたい。新しいカズと新しい私でやりなおしたい。私にとっても、世界はまだ知らないことだらけなのだから。そういう思いに辿り着いたら、裕美は少し気分が楽になった。そして、ひとつ、カズに提案をしようと心に決めた。

ショッピングカート

2000112501

金曜の晩もタクシーで朝帰りになったが、午前中にカズは叩き起こされた。マッキントッシュのG4が届いたのだ。佐和子が帰ってくる前に、もう一度、中野の家に行ってみようとカズは考えていたが、段ボール箱を開けてしまうと、土曜日はもう外出どころではなくなってしまった。

机の上に散乱していたペットボトルや文房具や爪切りや乾電池をきれいに片付けてから、ディスプレイとキーボードを置く。それだけで、新しい自分になったような、清々しい気分が湧き上がった。ブルーのG4を足下にセッティングして、ソフトをインストールして、あれこれ分からないなりにいじるうちに、あっという間に一日は過ぎていった。オレはどんどんやることが増えるだろう。一週間後にはインターネットも繋がる。時間旅行はもういい。オレは、オレが生きている今、この時間をフルに使わねばならない。

コンビニで弁当を買ってきて、一息ついたカズは、しかし、中野の家には自分の痕跡が残り過ぎていることに気がついた。佐和子が帰国する前に、一度、片付けに行く必要はありそうだ。ゴミは残してはいないはずだが、二階の物はいろいろ動かしてしまったし、洋式トイレの便座だって、上げたままになっている。

玄関脇のトイレには磨りガラスの窓があったが、なぜか、カズはその窓の向こう側を思い浮かべていた。窓の向こう側はシダが繁る秘密の通路になっている。隣のアパートの塀と軒の間の狭い空を電線がさらに細長く区切っている。トイレの窓を開けてみたことなどないのに、カズはそれを知っている自分に気がついた。

やはり、遠い昔にオレはあの庭にいたことがあるに違いない。もう一度、あの庭を探検してみたい。何かもっと、記憶が蘇りそうな気がする。

ベッドに寝転ぶと、電線が区切った空の眩しい青さが、落ちてくるように思えた。カズはもうひとつ、今日こそ、しなければならないことを思い出した。傍らの充電器から携帯をもぎ取って、机に座り直す。親指で携帯を操作すると、液晶にリキの電話番号が呼び出された。

2000112501

リキと絵美はその日もたくさんのお喋りをした。絵美の家で本当にストリングス・カルテットを作るための相談をし、商店街から少し引っ込んだところにある小さなイタリア料理屋でピザを食べながら、またお喋り。珍しく、ふたりでビールを飲んだ。絵美はジーモンはね、ジーモンはね、とまたジーモン・ヴェルナーの話ばかりする。レコーディングが終わっても、彼はまだ日本に残っていて、関西に旅行中だという。凄い経歴のミュージシャンなのに、子供のようなドジばかりするというジーモンに、リキも会ってみたくなった。

リキは絵美に、東中野の駅で偶然、知り合ったカズマくんの話をした。

「えー、そんなことあるんだ、リキがよく知らない男に携帯番号教えちゃうなんて」

「なんかなりゆきで」

「だめだよ、あぶないよー。でも、話うまいんだ、そいつ？」

「ううん、そんな感じの人じゃないんだよ。で、結局かかってこないし」

「そっか」

「番号はキープしてあるけど」

「えー、やっぱり、珍しいよ、リキがそんな。ちょっと気になるタイプだったんだ?」

「なんか初めて会ったんじゃないような、そんな気がする人だったかな」

「見せて、見せて、番号」

「えーとー、これっ」

絵美がテーブル越しに携帯を奪った。

「カズマくん。よし、かけちゃおう」

「ええっ」

「うそうそ、うそだよ」

そう言って、絵美が携帯をリキに返した瞬間にヴァイブレーションが鳴った。

「うっそ」

リキが絵美に携帯の液晶を見せた。

「やっべー」

絵美が大きな目をさらに丸くした。

「どうしよう」

「ついにきたきたきた」

「どうしよう、どうしよう」

ふたりが騒いでいるうち、携帯はコール六回で切れてしまった。

「なんだー、切れちゃった？　カズマくーん」

「どうしよう」

「どうしようって、こっちからかけなおそうよ」

「えー」

「コールバックするのが礼儀じゃない？」

「えーえー」

「じゃ、アタシがかける」

「だめだめ、じゃかけてみるよお」

絵美にそそのかされたら、私は何でもやってしまうのだ。リキはそう思いながら、コールバックをした。

2000112502

なんかタイミングが悪かったかな、と思って、カズは六回で切ってしまった。メッセージを残すべきだったかもしれない。もう一度かけるべきか、と迷っているところに、携帯が鳴った。

「うっそ」

カズは深呼吸してから、ボタンを押した。

2000112503

「もしもし」

リキは少しよそいきの声で言った。

「あー、すみません、わざわざコールバックもらって」

「カズマさんですか?」

「はい、こないだ東中野の駅でお会いした」

目の前の絵美も食べかけのピザどころではなくなっている。リキはなぜか、急に気持ちが落ちついてきて、絵美を驚かせたくなっていた。

「あの時はありがとうございました」

「いえいえ、こちらこそ、すみません、途中でひとり先行っちゃって」

「はい、それでカズマさん、何か御用事が？」

「いや、ただちょっと、あの時の話の続きをしたくなって」

「なんのお話しましたっけ？」

「エリック・サティのこととか」

「ああ。あのでも、カズマさん、すみません、私、今、お友達と一緒なんで」

さらっとそう言うと、聞いている絵美が脱力するポーズをした。リキはいつになく茶目っ気が出ている自分に気づいていた。

「ああ、すみませんでした」

カズの調子もがっくり落ちた。

「あのう、じゃ、手短に言うと、あのう、今度どこかで」

「はい、カズマさん、私もお会いして、お話の続きはお聞きしたいので」

「えっ、そうなんですか」

「はい、明日にでも」

絵美、カズ、ふたりの反応がリキには楽しかった。絵美は大きく目を見開いたまま、まばたきすらしないでいる。こういう時の絵美の顔は宇宙人みたいだ、とリキは思った。

「ああ、じゃあ、どこで、どうしましょうか？」

カズが聞いた。

「カズマさん、私の行きたいところに付き合ってくれますか？」

「は、はい」

何か言いたげに大きく口を開けたままの絵美の表情がリキにはおかしくてならなかった。

2000112601

リキは国立の紅葉が見たかった。ただ、それだけだった。

お昼に渋谷で待ち合わせたふたりは、井の頭線で吉祥寺を経由して、中央線で国立に向った。エリック・サティの話の続き、などと言っていたけれども、車中でちょっと話しただけで、カズが音楽には疎いことがリキにはすぐ分かった。リキはほっとした。

ボーイフレンドといえば音楽マニア。いつもそうだった。リキの生活自体が音楽を中心に回っているのだから、仕方ないかもしれない。学生時代から、音楽と関係ない場所で、誰かと知り合うことは稀だった。今ではもっとそうだ。仕事場では年上の男たちからしばしば食事に誘われる。だが、リキはもう飽き飽きしていた。すぐに忠告をしたがる男たち。あれを聞け。これを読め。こう練習しろ。最初のうちは、リキも吸収できることは吸収しようと思っていた。でも、何かが違うことに気づいた。

リキは好きな音楽を何回でも繰り返して聞く。ボーイフレンドたちはいつも、それが気に入らないみたいだった。リキにとって音楽は空気の中にある形のないもの、名前のないものだった。誰の音楽だとか、どういう体系に属するとか、そんなことは重要ではなかった。ある瞬間に、見えないはずのものが見える。触れられないはずのものに触れる。音楽を聞いていて、そういう瞬間がやってくるかどうかが一番大事だった。そういう瞬間を共有できる相手が欲しかった。でも、リキがつたない言葉で、それを説明しようとすると、男たちはたいてい退屈そうな顔になってくる。

彼らと一緒に音楽を聞いていると、大事な瞬間がむしろ逃げて行ってしまうことにリキは気づいた。リキが殻を作り出したのは、そのせいだったかもしれない。一番親しいはずの彼氏に、一番大事なことを隠すようになってしまう。ひとつのベッドで肌を寄せて眠っている時も、硬い殻をリキは抱いていた。作曲をしていると話すこともなければ、聞かせることなど、絶対に考えられなかった。そうやってリキが硬い殻を抱えていると、相手はよけいに退屈し、だんだん冷淡になり、つきあいはいつも上手くいかなくなった。

自業自得なのは分かっていたから、別れ話が出る頃には、リキは相手を責めるよりは、自分自身を責めた。一方では、大切なものを共有したいと言いながら、その実、本当に大切なものについては、自分がそれを持っていることすら、相手に明かさないままだったのだから。

なのに、カズには初めて会った時にもう、作曲をやっています、と話していたことをリキは思い出した。不思議だった。懐かしい武蔵野の風景が広がり出した中央線の中で、カズはリキの話を「すっげー」「すっげー」ばかりを連発して聞いている。カズの質問にちっとも面白い答えなど返してはいないのに。

彼にはなんでも話せる気がした。理由はよく分からないけれど、リキは楽しかった。こんなデートは久しぶりだ。

国立の街はあの頃と変わっていなかった。古い駅舎からまっすぐに伸びる大学通りを眺めただけで、リキは胸がきゅんとした。独特の優雅さと土臭さが入り混じった空気がここにはある。ロージナ茶房や邪宗門のある小道も変わっていないようだ。この街にはスターバックスなんてできなくていい。このままがいい。リキはそう思いながら、カズを案内した。カズは初めて国立に来たらしく、こんな街が東京にあったんだ、とびっくりしながら歩いていた。

大学通りの歩道を歩いていくと、一橋大学の正門の手前で、毛糸の帽子を深々とかぶり、丸い眼鏡をかけた三十歳前後の男が地べたに座って、ギターを弾きながら歌っていた。良い声をしていた。ふたりはしばらく、歩道に立ったまま、聞き入った。こんな歌だった。

ありったけのおもちゃを　載せたショッピングカートを引いて
大好きな君と　あの大好きな公園へ出かけよう
ねえ　この星があした　燃え落ちても　今日はここで遊ぶ

いつだって僕の願いは　そんなちっぽけなことばかり
君の透き通った肌と　きれいな声を感じていたい
永遠に　なんて言わないけど　今日はここで夢見よう

君、君だけと
ねえ　この星があした　燃え落ちても　今日はここで遊ぼう
君、君だけと

カズが歌い終わった男に寄っていって、「CDはあるんですか？」と聞いた。男は「いいえ」とだけ答えて、ギターのチューニングを変え始めた。

「良い声だったね、オレ、ぐっと来ちゃった」

「うん、良い曲だった」

「僕たちしか聞いてなかったのに、歌い終わった後におじぎしてた。なんか彼、もったいないな」

カズがそう言った。絵美と同じことを言う、とリキは思った。カズもそのかすのが上手い人なのかもしれない。

「カズマさん、最初に会った時、どうしたら勇気が出たって言いましたっけ？」

「えー、忘れちゃった。そんな話した？」

「うん、それで私ね、なぜか、あの後、勇気が出るようになったんです。たいした勇気じゃないけど」

「それはリキちゃんがもともと持っていた勇気だよ」


ふたりは大学の構内に入っていった。一橋大学の中には誰でも入ることができるので、市民が紅葉を楽しみながら、ゆっくり散歩している。ふたりは池の脇のベンチに座った。十一月なのに、日差しの温かい日だった。空を眺めていると、リキは前にもカズとこんな空の下で、ゆっくり話したことがあったような気がしてきた。

「カズマさん、あの、カズマさんは、明日、地球が終わっちゃうとしたら、何をします？」

リキはカズに聞いた。その質問はいつか絵美がリキにした質問だった。

「えーっ、とりあえず、うまいもん食うかなー。あとは、うーん、好きな人とゆっくり過ごせれば、それでいいかも」

「でも、それは今日だって、したいことじゃない？」

「そういえば、そうだねえ」

「私、ずっと特別な日が来るのを待ってた気がするんだ。でも、いつまでもそれじゃしょうがないって、今日幸せに思えることを今日やろうって、勇気が出たってのは、そういうことだったの。なぜか最近、急にそういう気持ちになったの」

「リキちゃんの方が先、行ってるんだな、きっと。オレはまだやりたいことが分かんなくて、準備運動ばっかりしている気がするよ」


そう言ったカズのところに小さなボールが転がってきた。カズは身体を傾け、腕を伸ばして摑もうとしたが、届かずにボールはベンチの後ろの茂みに入ってしまった。向こうの方から、子供が「すみませーん」とやってくる。カズは立ち上がって、茂みの中からボールを取って、投げ返した。ボールはその前に池に落ちていたようで、少し濡れていた。

「なんか濡れてたよ、あのボール」

「ティッシュあるよ」

リキがサイドポーチからティッシュを取り出した。カズが手を拭いていると、リキはさらに別のものを取り出して、言った。

「そうだ、これひとつあげる」

それは直径三センチほどの小さなコマだった。

「何、それ？」

「京都のお守り。京都出身の友達からお土産にもらったの。京コマって言うんだって。三つあるからひとつ」

「うわあ、ありがとう」

受け取ってみると、木製のように見えたカラフルなコマは、布を巻いて作られているようだった。

「京都にももう、このコマを作る職人さんはひとりしか残っていないんだって」

「そうなんだ。きれいだね、これ」

「でね、コレ、実は頭の回転が良くなるお守りなの」

「あはは、じゃあ、オレには必要なものかも」

笑いながら、そういえば、いつ京都にマイクを持って行くか、決めねばならないのをカズは思い出した。

「じつはね、オレも京都に行こうと思っているところなんだ」

「いいなあ、お寺でも回るの？」

「ああ、それもいつかしてみたいけれど、会いたい人がいてさ。説明するの難しいんだけれど、祖父の遺品に古いドイツ製のマイクがあるんだ、それを修理してくれる職人さんが京都にいて。直せるのは、日本ではその人しかいないんだ」

「ええ？　古いドイツのマイク？　素敵ですね。あのね、私も古いドイツのベヒシュタインていうピアノがすっごく好きなの。じゃあ、カズマさん、そのマイクが直ったら、それで私のピアノを録音してくれませんか？」

「えー、オレまだ、そんなスキルないですよ」

「私も初めてだし、自分の曲を録音するのって。ベヒシュタインのピアノは恩師のお宅にあるんです。それ頼み込んで使わせてもらうから、カズマさんもお願い」

「録音してどうする？」

「坂本龍一に送るの」

「すっげー、じゃあ乗った。オレ、ピアノの録音の勉強してみるよ。そのかわりさ、一緒に京都に行ってみない？」

「えっ？」

「オレはどのみち日帰りになると思うんだけれど、リキちゃん、友達がいるなら観光してくればいいじゃない。お願い、一緒に行ってよ。そのマイクの職人さんも面白そうなんだよ。じつは祖父の古い知り合いだったらしくて、オレの名字を聞いたら、オレが孫だって分かってさ。だから、おじいちゃんの昔の話も聞けそうなんだ」

「うわあ、それも素敵な話」

リキがそう言った瞬間に、空から急に雨が降ってきた。青空に太陽が出ているのに、珍しい天気雨だ。

「うわ、なに？」

「なになに？」

「わー」

リキの手を引いて、カズは屋根のある通路まで走った。紅葉した木立の中に、光と雨が一緒に降り注いでいた。

「きれい」

「こんなの見たことないや」

「奇跡みたいだね」

ふたりは手を握ったまま、奇跡を見ていた。

2000112602

雨上がりの歩道を歩いて、リキが大好きだったという路地に入っていく。古い喫茶店が軒を並べている。カズの通った神奈川の大学の周辺は、駅前にコンビニやチェーン店があるだけだった。ここは学生街というよりは、もっと大人びた場所に感じられる。周囲とは違う時間が流れているような気さえする。

ロージナ茶房の半地下のフロアのテーブルに座ったふたりは、リキのお気に入りだというビーフ・ストロガノフとコーヒーを頼んだ。

「ここは東京で一番古い喫茶店なんだよ」

「ホント？」

「昔は木造の別の建物だったらしいけど」

「大学時代によく来たの？」

「うん、長話するには最高の場所」

店の奥ではさっき路上で歌っていた男が、インド綿のワンピースを着た女の子と、テーブルの上で手を握りながら、額をくっつけんばかりにして話していた。


窓の外には黄昏が降りてきていた。

もうすぐ公開される中国映画が面白そうだよ、ワイヤーアクションで凄い映像なんだ。そんな話をしながら、カズはリキを京都に誘いなおすタイミングを探っていた。いつだったら行けるかも考えねばならない。一番早いのは今週の水曜日。その日は代休を取ってある。だが、いくらなんでも、これから三日後にふたりで京都に旅行するなんてことがあり得るのか。彼女のスケジュールだってある。

まずは彼女の気分が変わらないうちに。そう思って、カズは切り出した。

「ところでさ、さっきの京都の話だけれど」

リキはすぐにこう答えた。

「京都に行って、その職人さんに会ったら、その後は？　カズマさん、私の行きたいところにも付き合ってくれますか？」

「もちろん。リキちゃんはどこに行きたいの？」

「それはこれから調べる。友達にも聞いて。友達は今は東京なんで、私も一緒に日帰りします。でも夜までは遊べるんでしょ」

わずかに首を傾けてそう言ったリキの目がきらきらして眩しかった。カズは今なら、どんな愚かな男にでもなれると思った。

カズは言った。

「今週の水曜日、休みなんだ」

ラスト・ラン

2000112701

月曜日は朝から忙しかった。起きぬけに、カズは京都の柳沢に電話した。水曜日の午後にマイクを携えて、山科の工房を訪れることを柳沢は快諾してくれた。

カズは中野の家から持ち帰っていた祖父のアルバムを取り出してみた。分厚い写真アルバムの真ん中あたりが、満州時代の写真のようだ。

「あったー」

机に座って、ページをめくると、すぐにカズは祖父と柳沢の写真を見つけることができた。三人の男が映っている写真に、祖父が記したのだろう但し書きが加えられている。

「昭和十六年三月、新京の撮影所にて。井上、柳沢と供に」

左端が祖父なのはすぐに分かった。祖父と中央の丸眼鏡の男は三〇代半ば、右端の男は三十歳前後に見えた。三人とも痩せていた。中野の家の居間に飾られた祖父の遺影よりも、カズには親しみが感じられる写真だった。はるかに時代は隔たり、赤褐色に色あせた写真だというのに。

今のオレに年齢が近いからだろうか。いや、それよりも、この頃、この男達があのマイクを手にしていた。それを知ったせいかもしれない。オレたちは無関係ではない。繋がっている。これからもっと繋がっていくに違いない。

たぶん、右端の男が若い頃の柳沢だろう。カズはそう思いながら、注意深く写真をアルバムからはがして、パソコンのディスプレイの前に置いた。


渋谷駅でカズは新幹線のチケットを買った。十一月二十九日、午前九時三十二分発のぞみの指定禁煙席を二枚。出社までの時間は残り少なかったが、渋谷の街に出て、プレゼントも探した。京コマのお礼ということにして、何か贈りたい。

西武のロフトに飛び込むと、面白いものが目についた。ピリピリというペルーのお守りだった。螺旋状になった植物のツルでできたそれは失われた時を巻き戻し、復活や回復をもたらすお守りだという。

きれいな朱色の革製ペンケースと、そのピリピリをカズは買った。ペンケースの中にお守りを詰めてから、プレゼント用に包装してもらった。五千円で少しだけ、お釣りが残った。給料日の後で良かった、とカズは思った。


スタジオに入ると、西岡に明後日、京都の職人のところにマイクを持っていくことを伝えた。西岡は嬉しそうに、「マイクが直ったら、いろいろ試そうな」と言った。

カズは鈴木に頼んで、映像編集のスタジオにも入れてもらうようにしたことを西岡が快く思っていないかもしれないと案じていたのだが、西岡はどうやら何も気にしていない。

そうだ、もうひとつ西岡には教えてもらいたいことがある。カズはいつになく、あらたまって聞いた。

「西岡さん、ひとつ教えて欲しいことがあるんですけれど」

「なんだい」

「ピアノって、どういう風に録音したらいいいんですか?」

「グランド・ピアノか?」

「ああ、たぶん、そうです」

「グランド・ピアノの場合は蓋を開けて、高い方の弦と低い方の弦に一本ずつ、コンデンサー・マイクを立てるのが普通のやり方かな。ハンマーのあたりを狙って、二本平行に立てるんだよ」

「二本いるんですか？」

「うん。学校で習う基本は、そうやって二本使うな」

「一本しかない場合は？」

「うーん、マイク一本はちょっと難しいな。その場合は真ん中に一本突っ込むか、あるいは弾いている人の頭の上あたりからピアノ全体を狙って立ててもいいかもしれない。それだと演奏している人が聞いているバランスに近くなるしな」

「ああ、なるほど」

「でも、要は自分を信じることさ。自分の耳で、ここが一番良い音がするって場所に置けばいい。それだけだよ。マイクはカメラと同じ。自分の目で見て、ここが一番きれいだと思うアングルから撮るだろう、カメラだったら」

「分かりました。それでやってみます」

昼休みにカズはリキに電話した。水曜日は朝の八時四十五分に恵比寿駅に集合。恵比寿なら、リキもカズも一駅だ。

「うん、ちょっと早いけれど、九時半の新幹線取ったから。そう、恵比寿駅のアルテの大きなエスカレーター分かる？　うん、あの下にえびす様の像があるから、その辺りで。それとリキちゃん、住所を教えてくれないですか？　送りたいものがあるんだ。あ、いや、こないだの京コマのお礼。ちょっとした」

住所をメモしながら、カズはリキのフルネームが須藤理貴なのを初めて知った。

プレゼントの包みを会社の封筒に入れて、カズは宅急便を作った。伝票に桃乃井一馬と名前を入れて、受付嬢に私用の宅急便だと断って、頼むことにした。

「これ、お願いします。代金はオレ払いなんで、これで」

「お釣りはどうしますか？」

「預かっといてください。いつでもいいんで」

そう言って去ろうとするカズを受付嬢が呼び止めた。

「桃乃井さん、そういえば、コレ」

「なんですか？」

「男性用化粧品のサンプル、要りますか？」

カズは苦笑いしながら小さなボトルを受け取った。


午後からの仕事はまた映画のテレビCM用のナレーション録りだった。年明けに公開されるアメリカのホラー・サスペンスで、飛行機事故を予知して、旅行を取りやめた高校生達が避けられない死の運命に追われるストーリーだという。セッションの準備のために、コンピューターに映像を取り込みながら、離陸したばかりの飛行機が空中で爆発するシーンを見て、西岡がカズに言った。

「カズ、これ、本当にあった事故だって知ってるか？　四年前にアメリカで本当にボーイング747が空中爆発したんだよ。映画の中に使われている飛行機の残骸は、その時の本物の残骸だそうだ」

カズの頭の中では、もっと壮絶な飛行機事故の絵が蘇っていた。あのジェット機が高層ビルに飛びこむシーンもいつか、映画に使われたりするのだろうか？

そう思った瞬間に、カズはちょっと混乱した。四年前の飛行機事故と一年後の飛行機事故はどこが違うのだろう？　四年前だと言われたから、四年前なのだとオレは思っただけだ。知らない出来事は過去にもたくさんある。飛行機事故の絵を見ただけでは、それが過去のことなのか、未来のことなのか、分からないではないか？

過去だろうが、未来だろうが、それはここではないどこかだというだけで、たいして変わりはしない。カズにはそう思えた。

西岡はカズに背を向けたまま、ずっと喋り続けていた。

「あの時、救急隊員がスターバックスに水を借りにいったら、金を払えと言われたって話があっただろ。あれは多分、ブロードウェイにあった店だな。不思議だろう？　地下には巨大なショッピング・モールがあったのに、スターバックスは入ってなかったんだ。だから店員も人ごとだったんだな。でも、スターバックスなんて、マンハッタンだったら、一、二ブロックに一軒はあるんだよ。なのに、グラウンド・ゼロの周りにだけはスターバックスは店を作らなかったんだ」

カズにはもうなんの話なのか分からなかった。が、言葉を返そうと思って、ふと見ると、アーロンチェアには西岡の姿はなかった。モニターの映像も消えている。あれ？　と思って、無人のスタジオ内を見回していると、ドアが開いて、西岡が映像素材の入ったベータカムのテープを抱えて入ってきた。

セッションの準備のために、コンピューターに映像を取り込みながら、離陸したばかりの飛行機が空中で爆発するシーンを見て、西岡がカズに言った。

「カズ、これ、本当にあった事故だって知ってるか？　四年前にアメリカで本当にボーイング747が空中爆発したんだよ。映画の中に使われている飛行機の残骸は、その時の本物の残骸だそうだ」

「へえー、そうなんですか」

答えながら、カズは前にもそんな会話をしたことがあるように思った。これもデジャヴなのだろうか。このところの睡眠不足のせいか、勘違いのようなことが増えている気がする。あるいは、それは時間旅行のせいなのか。

オレは未来に行ったというよりは、小さな未来の断片がオレの中に侵入してきただけなんじゃないだろうか。急にカズはそんな風に感じた。それはウィルスのようにオレの中に潜んでいて、時々暴れ出しては、オレを混乱させる。オレが未来を変えられる可能性はなくて、未来がオレに悪戯する可能性だけがある。そういうゲームに踊らされている気がしてきた。

西岡は空中爆発のシーンばかりを何度もリピートして見ていた。旅客機が花火のように夜空に霧散するシーンはやけに美しかった。

それが作り物かどうかは、カズにはどうでも良いことに思えた。映画のワンシーンとニュースの映像の違いは、誰かがそれを映画だと教えてくれるか、ニュースだと教えてくれるか、それだけの差だろう。自分自身が体験する現実の出来事以外は、この世界のほとんどすべては手の届かないところにある幻のようなものかもしれない。爆発の残像はカズの中にそんな思いを焼きつけて、消えていった。

20000112702

仕事は少し残業になったが、カズは弁当を辞退した。

美沙緒の住む桜新町のマンションにカズが戻るのは正月以来だった。九時をだいぶまわってしまったが、美沙緒は食事をとらずに待っていてくれた。マンションのドアを開けると、線香の匂いがしたので、カズは美沙緒に言われる前にテレビの脇の小さな仏壇のところにいって、靖春の位牌に線香を上げげた。

普通のものが食べたい、と伝えてあったので、美沙緒は煮魚や野菜の煮物や味噌汁を作って、カズを待っていた。見慣れた料理が並んでいたが、食器の類はほとんど新しくなっていることにカズは気づいた。

キッチンに行って、冷蔵庫を開けると、缶ビールがあったので、カズはそれをひとつもらうことにした。

「ミサオちゃんも?」とカズが聞くと、美沙緒が「うん」と答えたので、カズはふたつのグラスにビールを注いだ。

「おめでとう」

テーブルについたカズがグラスをかざして、そう言うと、美沙緒は困ったような顔をした。

「まだなんにも話していないのに。お父さんにもついさっき、報告したばかりなの」

「でも、おめでとう。オレも嬉しいし」

「そう、ありがと」

「うん」

閉め切った窓の外から、遠い二四六号線の騒音が聞こえてくるくらいに、家の中は静かだった。

ここでこうやって美沙緒と食事するのも、これが最後なのかもしれない。そう思いながら、美沙緒の作った食事をカズはいつになくゆっくり噛み締めた。

このマンションに引っ越してきた時は三人だった。靖春が美沙緒と再婚して、一年ほどして、桃乃井家は千歳船橋のアパートからここに移ってきた。カズは小学校四年生だった。マンションの玄関を入ってすぐの四畳半がカズの部屋になった。その四畳半は、今は靖春の遺品やカズが残していったガラクタが置かれた納戸になっている。

三人がふたりになり、そして、ひとりになった。ひとりになった美沙緒は、とてつもなく寂しかったに違いない。オレはそれに気づいていただろうか。カズは自問してみた。だが、自分のことに精一杯で、そこまで思い及ぶ余裕がなかったのか、あるいは、気づいていたのに気づかないふりをしてきたのか、もはや自分でもよく分からなかった。

「あなた、また痩せた？　ちゃんとしたもの食べてるの？」

美沙緒はいつのまにか、一緒に暮らしていた頃の母親口調に戻っていた。

「食べてるよ」

「毎日、弁当ばっかりだって言うじゃない」

「なるべく自炊もするようにするよ」

「子供の頃、あなたは女の子みたいに華奢だった。私がちゃんと食べさせるようになってから、どんどん背が伸びたのよ」

「それは成長期だったからだよ」

「成長期に悪いもの食べさせると、今度は肥満児になっちゃうのよ。良い身体を作ってあげたんだから、私に感謝しなさい」

美沙緒がカズに感謝しろ、などと言ったのは初めてだった。カズは苦笑いしながら、「はいはい」と答えたが、そう言われて、なんだか気が楽になったように感じた。


時計も十一時を回っていたので、カズは自分からざっくばらんに聞いてみることにした。

「ねえ、それでそれで。ミサオちゃん、再婚は？」

「まだ先のことよ。来年の夏前かな。相手はあなたも知っているわ」

「前にばったり会った？」

「そう」

あれは一人暮しを始めたすぐ後くらい、カズが裕美の前に少しだけ付き合った女の子と横浜でデートしていた時だった。夕暮れ時に中華街の裏通りを歩いていたら、男と一緒の美沙緒と鉢合わせてしまった。カズと美沙緒は軽い挨拶だけしてすれ違った。「誰？」と女の子に聞かれたカズは困って、「知りあい」とだけ答えたのを思い出した。

「カメラマンの人だっけ？」

「そう、田中さん」

横浜でお店の撮影があった、と美沙緒が言っていたのは憶えていたが、どんな男だったかは、もうカズは思い出せなかった。

「向こうも再婚でね、どちらも子供はいないの。私はあなたがいるけどね。それでね、来月あたり、ちゃんとご紹介したいんだけど」

「分かった」

「いつ頃だったら大丈夫？」

「平日は遅い日が増えているけれど、土日だったら、早めに言ってもらえば、大丈夫だよ」

「それからね、もうひとつ、お話ししなきゃいけないのは、このマンションのことなの。ここは私とあなたの共有名義になっているから、私はここから引っ越すかもしれないけど、その後、ここをどうするか、あなたと話し合って、決めたいの。私は靖春さんが残してくれたものだから、売りたくはない。それよりは貸して、運用したいと思っているんだけど、その時はあなたと共同でということになるわ」
「ああ」
「いずれにしても、私も分からないことが多いから不動産屋さんに一度、相談に行きたいの。それはすぐにじゃなくてもいいから、年明けにでも、時間作ってもらえる?」

何かが終わりに近づいているのをカズは感じた。四畳半の部屋に置きっぱなしになっている物も今度こそ整理しなければいけないだろう。ひとり暮しを始めてからは、ここに戻るのがひどく億劫だった。だが、この家がなくなってしまったら、靖春と美沙緒と過ごした時間はどこに行ってしまうのか。急にそんな不安が湧き上がってもきた。

カズが大学三年の時に、靖春は膵臓がんで急死した。靖春がいなくなってから、カズは父親がどういう人間だったのか、自分はよく知らないままだったのに気づいた。幼い頃にはたくさん遊んでもらった記憶もあるが、たくさんほったらかされた記憶もある。小学校に上がる前には、いろいろな家に預けられて、知らない大人達に囲まれ、何日も靖春に会えない日々があったことをカズはおぼろげに憶えている。

靖春が美沙緒と再婚して、三人でこの桜新町にやってきてからは、記憶の中の景色が急に色づき始める。引っ越しをして、自分の部屋ができて、転校して、新しい友達がたくさんできて、水泳やサイクリングに熱中したり、クラスの女の子を好きになったり、ぼんやりしていた自分の人生に鮮やかな色と光が溢れ始めた日々をカズは昨日のことのように思い出せる。


すべては美沙緒がやってきてくれたからだった。カズはあらためて、そう思った。靖春は怒鳴ったり、手を挙げたりすることのない優しい父親だったが、結局、彼は自分だけの世界に生きていたように思える。いつも忙しく、家でも持ち帰った仕事や、国家試験の勉強ばかりしていた。深夜にはひとりで強い酒を飲んでいた。

あるいは、美沙緒が言うように、靖春は美沙緒やカズを傷つけぬように、多くを語らなかったのかもしれないが、母親のことは物心つかぬ頃のことだったから、カズにとっては辛い思い出というよりは、ただ、最初から決まっていたこと、最初から諦めねばならないことの一つに過ぎなかった。どちらかといえば、靖春自身が息子にそんな境遇と、子供らしからぬ諦観を与えてしまったことを正視できずにいたのだろう。たいていの物事は、それが靖春によって決定されたに違いないことでも、美沙緒を通じて伝えられるのが常だった。

父と息子は強くぶつかりあうことなど一度もなく、カズにとって靖春の存在は近寄りがたさと、摑みどころのなさを残したままで、彼の人生の中身については、ほとんど何も知らずに終わってしまった。いつか父と息子でたくさんの話をする機会があるのだろうと思っているうちに、ふたりが一緒にこの世界にいられる時間はぱたりと閉じてしまった。


美沙緒とは激しい喧嘩もした。カズにとっては、美沙緒が生まれて初めての、激しい喧嘩ができる相手でもあった。美沙緒が現われなかったら、オレはいつまでも、ぼんやりした子供のままだったろう。

「オレはミサオちゃんの思う通りで良いと思うよ」

「そう」

「ミサオちゃん……」

「なあに？」

「ホントに今までありがとう」

「あらやだ、どうしたの？」

愛してます、とでも言えばいいのかな、とカズは一瞬、思ったが、さすがにそんな言葉は口をついて出なかった。だが、この家がなくなっても、美沙緒との繋がりまでは消え去って欲しくなかった。美沙緒にはまだ返さねばならないものが沢山ある。どうしたらそれが返せるのかは分からないけれども。

帰り際にカズは四畳半の部屋を覗いた。カズが残していったものは、今では興味がなくなったガラクタばかりで、持ち帰ろうと思うものも特になかった。

美沙緒はどうやって運んだのか知らないが、いつのまにか、靖春の大きな本棚もこの部屋に移していた。本の大半は処分したようだが、それでも沢山の小説やノンフィクションが並んでいる。「欲しいものがあったら持っていきなさい。あなたも何か持っているべきだから」と、美沙緒は何度も言っていた。だが、カズは嫌だった。靖春の物には触れないようにするというのが、子供の頃からのルールだったからかもしれない。

しかし、いつか読んでみよう。靖春のことが少しは分かるかもしれないから。カズはそう思いながら、静かに部屋のドアを閉じた。

終電までの時間はもうわずかだった。美沙緒は誰かと電話を始めていたので、カズは手振りで急いで帰ることを知らせて、マンションを出た。

「泣くなよー」

マンションの階段を降りきると、なぜか、口からそんな言葉が出たので、カズは駆け出した。ガキの頃にはいつも、この一直線の緩い坂道を駆け昇っていた。でも、それもこれが最後だとカズは思った。

2000112703

巨大なフランクフルト空港の中を走るシャトル・トレインの座席で、佐和子はこれからのトランジットの時間をどうやって潰そうか、案じていた。孤独には慣れているはずだったが、思いがけなく、ロンドンでは一ヶ月間も家庭の中で過ごすことになった。そのせいか、人気の少ない空港施設内で、佐和子は珍しく、ひとりを虚ろに感じていた。

ロンドンでの事故はたいしたものではなかった。ピカデリー・サーカスで、佐和子の乗っていた黒い箱形のタクシーに、赤いメルセデス・ベンツが追突した。霧雨が降る夜だった。佐和子は激しい衝撃を受けたが、実際にはそれほどスピードは出ていなかったようで、タクシーのバンパーが少しへこんだ程度。ベンツの側はほとんど無傷に見えた。

だが、佐和子は救急病院に運ばれ、そのまま入院することになった。軽いむち打症で、全治二週間から三週間という診断だった。二日後には帰国する予定だったが、佐和子は諦めて、一ヶ月は飛行機には乗らない方が良いという医師の薦めに従うことにした。二日間、入院した後、ロンドンで再会したかつての教え子の萩尾敬子が、自分の家に滞在するように、と申し出てくれたので、ケンジントン・ハイストリートのホテルを引き払って、ウィンブルドンの近くのサウスフィールドに住んでいる彼女の家に移った。

萩尾は旧姓で、現在の彼女は結婚して、矢島敬子になっている。夫の明人は銀行員で、二年前にロンドンに赴任した。ふたりとも三〇代の半ば。敬子は日本ではピアノ教師をしていたが、今は専業主婦になっている。すっかり主婦然とした敬子がクロスステッチの刺繍を趣味にして、製作に励んでいる様は、子供の頃から彼女を知っている佐和子には、なんだか似合わない姿に見えた。

明人が保険会社とのやりとりを引き受けてくれたので、佐和子は心強かった。心配された後遺症もとりあえずは大丈夫そうだった。サウスフィールドの家は軽く築百年を越えるだろう石造りで、佐和子はきれいな中庭に面した一階の部屋に滞在した。ホテルよりもはるかに居心地の良い部屋だった。

矢島家には子供はいなかったが、二階の部屋にもうひとり間借り人がいた。明人の又従兄弟にあたる彩菜で、彼女は短大を終えた後、ロンドンのアートスクールに留学していた。枯れ木のように痩せた、ボーイッシュな短髪の女の子だったが、ファッションや音楽に詳しく、マシンガンのようによく喋る。佐和子と敬子と彩菜は毎日、ダイニング・キッチンでたくさんのお喋りをした。六十歳を過ぎて、ひとり気侭にヨーロッパで音楽三昧の旅行をしている佐和子に、彩菜は強い興味を惹かれたようだった。東西冷戦の頃からヨーロッパを旅している佐和子の昔話に、彩菜は熱心に耳を傾け、尊敬のまなざしを向けた。

思いがけず、賑やかで、楽しい日々が生まれた。ロンドン市内までは少し距離があるので、佐和子は通院以外にはあまり外出せずに過ごした。サウスフィールドは緑が多くて、落ち着く街だった。今日のお昼、ヒースロー空港に向う前に、インディアン・レストランで敬子と彩菜と最後のランチをした時には、佐和子はとても名残りが惜しくなった。

夕暮れが降りてきたばかりだというのに、フランクフルト空港のターミナルはどこもがらんとしていて、無機質な空間に白い照明だけがやけに眩しく光っていた。トランジットはまだ二時間あるが、出国手続をして、外に出るには時間が足りない。しかし、空港内には見るべきものもない。仕方なく、佐和子は待ち合い室で、身体を休めて過ごすことにした。

佐和子が初めてドイツとオーストリアに旅行したのは一九七九年だった。以来、ヨーロッパを訪れるのは七度目、ドイツは三度目だった。久しぶりに訪れたベルリンが随分と開発されて、変わってしまっていたのが、佐和子には残念だった。旧東ベルリンにも自由に行けるようになったかわりに、かつての西ベルリンの、暗い森や廃墟の中に芸術家達が隠れ住んでいるかのようなロマンチックな空気は消え去っていた。壁があった頃のベルリンを佐和子は恋しく感じた。戦争の爪痕が残る街の方が好きだった、などというのは申し訳ないが、かつて昭順がこの街にいたのだ、と感じることができたのは、壁があった頃のベルリンだった。

二度目にベルリンを訪れた一九八九年には、佐和子は旧西ベルリンにあった復興後のベヒシュタインのピアノ工場を見学した。一夜にして、ベルリンの壁が崩されるニュースをテレビで見たのは、その旅行から帰った直後だった。終わりはいつもあっけなくやってくる。幼少時を満州で過ごした佐和子は、子供の頃からそれを知っている。大きな出来事ほど、嘘のようにあっけなく起こり、あっという間に日常の中に埋葬される。

男たちにはいつまで経っても、その理由が分からないようだ。そもそも無理に無理を重ねて、積み上げられた現実がそこにあったから、ある日、指一本でがらがらと崩される日が来るのだということが。資本主義と社会主義の対立だってそうだった。対立があった方が都合が良い人々が、巨大な幻想を作り上げていただけだった。世界を二分しなければいけないほどのイデオロギーの対立など、人類は必要としていないことを女はずっと昔から知っている。

何もかもがグレーに染まった殺風景な待ち合い室で、佐和子は昭順と靖春の絶望的な対立を思い起こした。二週間前に昇に電話した時、昇は靖春の息子の一馬と会ったと話していた。東京に戻ったら、私も会わねばならないだろう。

昭順の死後もふたりの姉と距離を置き、知らないうちに病死していた靖春に対して、佐和子は許せない感情を抱いていた。真知子の死からいくらも置かずに、靖春も死んでいたことを佐和子が知ったのは、一年近く後になってからだった。自分に出来ることはもはや何もない。佐和子はそう思って、知らせを胸の奥に、静かにしまっただけだった。

だが、桃乃井の家の最後のひとりになった一馬に対して、私がしてやれることは残っているのかもしれない。一馬がどんな風に成人しているのか、佐和子には想像がつかなかったが、何か自分が果たすべき仕事ができたような予感がした。もうすぐ二十世紀も終わる。東京に戻って、新しい何かが始まるのなら、それも良いだろう。

ルフトハンザとANAの共同運行便のゲート周辺には、ようやく人が増えて来ていた。たくさんの日本人の顔を見るのは久しぶりだった。成田までのフライトの間、よく眠れるように、佐和子はバーに行って、カクテルを一杯、飲むことにした。

2000112801

火曜日の午後、昼休みを終えたカズがロビーに入っていくと、Tシャツ姿の加藤が手招きした。

「カズくん、鈴木さんに聞いたら、今日はMA終わり早いんやろ？　そしたら後で、編集ルームのBに入ってくれへんかな」

「えー、マジすか」

「今日も映像の方のアシスタントが人数足りへんのよ」

「オレ、明日休みですけれど、遠出の予定なんですよ。編集Bって朝までコースっぽいじゃないですか、ここ連日」

「いや、それでひとりダウンしとるんや、頼むわー」

加藤はニコニコしながら言った。カズは長い一日になるのを覚悟した。だが、それも悪くない気分だった。

「じゃあ、一度、家に戻ってから入るんでも大丈夫ですか？」

「ああ、それでもええわ。八時頃に食事でブレイクするやろうから、九時に入ってくればオッケー。今夜のヴィデオ編集はきっとおもろいと思うで」

加藤は立てた親指を振りながら、そう言った。

「じゃあ、よろしくお願いします」

ハードな仕事を引き受けることで、カズはいつになく高揚している自分を感じた。今だったら、オレはどこまでも行ける。新しい経験を欲しているのは、何よりもオレ自身なのだから。そう思いながら、カズはMAルームに駆け戻った。

2000112802

リキは週末から仕事がなかった。退屈な仕事で日々が埋められてしまうのも辛いが、数日間、仕事がないとすぐに不安になってくる。それはフリーランスの宿命だと、先輩たちは口を揃えて言うが。

私を音楽家にするために、両親は途方もないお金を使った。しかし、私は本当の意味で、音楽家になったとは言いがたい。私にはコンクールの優勝経験もない。オーケストラに加入するのも無理だろう。クラシックの世界で演奏家として生き残れる可能性はないことをリキはすでに知っている。私はヴァイオリンが弾ける若い女だからできるアルバイトをして、日々を送っているに過ぎない。そして、それだって、いつまでも続けられるわけではない。両親の期待に応えられなかったこと、それをかろうじて取り繕って、仕事になっているように見せかけていることが、リキはずっと心苦しかった。

しかし、新しいドアが目の前に現われつつある気がした。そのドアを開けられるなら、私はもう音楽を仕事にすることにしがみつかなくてもいい。リキはそう考えるようにもなっていた。違う生き方を探そう。もっと幸せに音楽と向き合える生き方を。

京都に行ってみるのも、そのドアのひとつになるのかもしれない。カズと約束したおかげで、もう後戻りはできなくなった。佐和子の家のベヒシュタインのピアノを弾いて、カズのおじいさんのマイクで、それを録音してもらうのだ。パズルがぴたりとはまったように、録音をする理由ができたことがリキには心強かった。これで私も逃げられなくなっただろう。

水曜日には、ギャラの良い仕事が入っていたが、リキはキャンセルした。あてぶりだけのテレビ仕事だった。本当にヴァイオリンを演奏する仕事よりも、華奢なドレスを着て、ヒールの高い靴を履いて、演奏しているふりをするだけの仕事の方がたくさんお金をもらえるのだ。だが、今を逃したら、臆病な私はまた、いつかやろうと思いながら、元通りの日々を送り続けるだけになるかもしれない。そう思ったリキは、迷わず、京都行きを選んだ。

京都から帰ってくる頃には、佐和子もヨーロッパから帰ってくるだろう。早く佐和子の家に行って、ベヒシュタインのピアノを弾いてみたい。私が作曲したピアノ曲を聞いて、彼女は何を言うだろうか。想像がつかなかった。あるいは、佐和子のことだから、いきなり厳しい批評を加えるかもしれない。だが、それでいい。勇気はすでにもらった。絵美やカズから。次は厳しい批評家にぶつかってみる時だとリキは思った。

夕方、買い物を終えて部屋に戻ったリキは絵美に電話した。

知り合ったばかりの男の子と、初デートの三日後に京都旅行と言ったら、さすがの絵美も絶句するだろう。でも、リキは絵美に話したくてしょうがなかった。

「やるじゃない、リキ。やっぱりこの展開の早さは京コマ効果でしょ」

「あはは、そうかもね。彼にもひとつあげたの」

「じゃ、京コマ・カップルだ」

「なんか、それ、頭悪そう」

「そんなことないよ、幸せそうだよ」

「そおお？　でさ、絵美、お薦めはどこ？」

「そうだねえ、嵐山は素敵だよ。あー、でも山科の方に行くのかあ。じゃあ、嵐山まで回るのは難しいかも。とすると、東山のお寺かなあ。今はどこもきれいだよ。あとは普通に鴨川デート？　私が案内できたらいいのに、なんて、お邪魔だったね、それは」


絵美は三条あたりのお洒落なお店もいくつか教えてくれた。しばらくお喋りして、たくさん笑って電話を置いたところに、インターフォンが鳴った。今朝、受け取り損なった宅急便だった。佐和子が何かを送ってきたのだろうとリキは思っていたが、受け取った封筒には都内の会社の名前が記されていた。この荷物は何だろう？　送り状を見て、リキは驚いた。

「桃乃井一馬？」

2000112803

ＭＡの仕事は早めにめどがついたので、カズは西岡に事情を話して、六時あがりにしてもらった。一度、中目黒のアパートに戻って、手早く明日の京都行きの準備をして、九時までに戻ってくればいい。だが、会社を出ようとした矢先に、裕美から電話がかかってきた。

「ねえ、今、近くにいるんだけど」

「ああ、そうなんだ」

「ちょっと会えないかな」

「今日は夜に映像のスタジオ入るんで、まだ上がれないんだよ」

「渡したいものがあるから、さっとでもいいよ」

「じゃあ、さっとなら大丈夫かも」

明日、東京を離れることを考えると、今日のうちに裕美に会う方が良さそうだった。中目黒のアパートに戻るのはきつくなるかもしれないが、隣駅の青山一丁目にいるという裕美と、カズは十五分後に待ち合せることにした。

青山ツインタワーの地下にあるケーキ屋で、ふたりは贅沢なお茶をした。裕美は大きな青色の紙袋を持っていた。

「これ、少し早いけど、バースデー・プレゼント」

そう言って、裕美は紙袋を差し出した。青地に白で線画が描かれているきれいな紙袋だった。

「えー、早過ぎるよ、まだ一週間以上あるのに」

「早い分には良いんだって。ね、開けてみて」

紙袋を開けてみると、中には大判の外国の写真集が入っていた。粒子の細やかな、優しい色あいの写真の中に広がる、息を飲むように美しい海辺の街の情景に、カズはすぐに心奪われてしまった。

「うわー、すっげー」

「気に入った？」

「うん。どこの海岸なの？　これ？」

「ケープ・コッドっていうところ。アメリカの東海岸にある。私、いつか、その街に住むのが夢なんだ」

「そうなんだ」

「お金持ちしか住めない街だろうけどね」

「きれいすぎるくらいにきれいだね、このブルー、凄い色しているなあ」

「ジョエル・メイヨウィッツって写真家でね、大型のカメラで撮っているんだよ。だから、粒子が細かくて、絵の具みたいにも見えるでしょう」

「うん、オレ、写真のこととか、全然分かんないけれど」

「でも、映像の仕事も始めたって言ってたから、刺激になるかなって思って」

「そうだね、どうもありがとう」

「良かった、気に入ったなら」

裕美はこのあいだと同じように眼鏡姿だった。眼鏡の奥で優しく目を細めている裕美の姿に、カズは困った気分になった。まさか、明日、オレが他の女の子と京都に出掛けようとしているとは、裕美は夢にも思っていないだろう。罪悪感が湧き上がらないように、でも目的はマイクの修理だ、とカズは心の中で呟いた。

「会社に戻るなら、ゴハンは無理だよね？」

裕美がそう言った。カズは断れなかった。

「いや、まだ時間あるから、さっと食べようか？」

「ホント？　大丈夫なの？」

中目黒に戻るのは諦めて、カズは裕美と一緒にツインタワーの同じ地下街にあるスパゲティ屋に入ることにした。嫌な予感がするチェーン店風の店だったが、他に選択肢はなかった。

予感は当たって、たいして混んでもいない店なのに、注文したスパゲティはなかなか出てこなかった。スタジオに戻らねばならない時間が迫ってくる。オーダーが通っているかどうか、裕美がウェイトレスに確かめたが、「あと少しでお出しできます」と言われただけだった。回りを見てみると、別のカップルも同じように待たされて、男が不機嫌にしていた。

「ごめんねー」と裕美が謝った。

「しょうがないよ。僕らだけじゃないみたいだし」

別のカップルの不機嫌な中年男の方を見て、カズが苦笑いすると、裕美が「あのふたり、結構、年離れてるよね」と言った。それからしばらく、ふたりは彼らをいじることで、自分達は苛つかずにすまそうとした。

ようやく出て来たスパゲティは、値段の割に、そして、待たされた割にはたいしたことがない味だった。

「ごめんな、まだ時間あるから、ゆっくり食べて」

あっという間に食べ終わってしまったカズが裕美に謝る番だった。八時半を回ったばかりで、ぎりぎり時間は大丈夫そうだった。だが、裕美はスパゲティを残して、フォークとスプーンを揃えて皿に置き、「私ももういいよ」と言った。

「ここはオレが奢るから」

「えー、いいよっ」

「プレゼントもらっちゃったし、今日はオレが」

そう言って、カズはさっと会計をしたが、店の外に出ると、裕美はいつものように財布を取り出して、「いくらだった?」と言った。

「いいよいいよ、今日はオレの奢り」

「そお? じゃあ、御馳走さま」

ツインタワーの地下のレストラン街はそのまま地下鉄の駅に通じている。改札をくぐると、そこは渋谷行きの銀座線のホームだったが、裕美はカズの乗る半蔵門線のホームまで一緒に歩こうとした。

「いいのに」

半蔵門線に出るには階段をたくさん昇り降りしなければならないので、カズはそう言ったが、裕美は「お見送り。頑張ってね」と言って、付いてきた。ホームに辿り着くと、どちらの電車も発車してしまったばかりのようで、人はまばらだった。

「ねえ、ひとつ提案があるんだけど」

時間を気にして、口数が少なくなっていたカズに、突然、裕美がそう言った。

「何？」

「私達、一緒に暮らさない？」

「え？」

「すぐにじゃないかもしれないけど」

「うん」

宙ぶらりんな響きの「うん」だったが、裕美はカズの目を覗きこんでから、「じゃあさ、また話そうよ」と言った。

カズの乗る上りの地下鉄が駅に近づいている音が聞こえていた。カズは何度か頷く素振りだけした。電車がホームに入ってきて、周囲が騒がしくなったので、助かった気持ちだった。

「これ、ありがとう」

青い紙袋をかざして、カズはそう言ってから、電車に乗った。電車が動き出しても、裕美は穏やかな笑みを浮かべ、小さく手を振って、ホームからカズを見送っていた。

宇宙のトンネル

2000112901

カズは映像編集のBルームで、若い女性シンガーのヴィデオ・クリップの編集が進められるのを手持ち無沙汰に眺めていた。

君塚という五十代半ばの白髪のヴィデオ・ディレクターが、抑揚のない口調で加藤に指示を出しながら、恐ろしく細密な編集作業を続けていく。しかし、彼らが何を話しているのか、どこをどう操っているのか、カズにはさっぱり分からなかった。分かるのは、加藤がタッチペンを素早く動かしていくうちに、一コマ一コマが美しく磨き上げられていくことだけだ。

それでも、君塚は完全主義者のようで、なかなか納得せず、作業は遅々として進まない。いつもは陽気な加藤も厳しい表情で、時折、君塚と議論になったりもする。どこまでも諦めを知らないふたりの執拗さは、受け入れねばならない現実をなるべくたやすく受け入れようとしてきたカズには、理解しがたい次元にあった。それは挑み続ければ必ず答えに届くと信ずる楽天主義に支えられていた。議論の内容が分からないこと以上に、自分が子供の頃から備えている諦観と、良い歳をしたふたりの大人が発する途方もない無邪気さを見比べてしまうことによって、カズは惨めな気分になってもいた。

この調子では編集は一晩では終わらないかもしれない。そうなったら、京都行きは中止するしかなくなる。それも心配になってきていたが、しかし、あとどれくらいで帰れるか、などと聞けるようなムードではない。ふたりはもう何時間もカズがそこにいることすら忘れているようだった。カズは自分が透明人間にでもなったような気がした。

ヴィデオ・クリップの中で歌っている若い女性シンガーはショコラという名前だった。一、二度、テレビで見たことがある気がするが、あるいは、よく似た別のシンガーと間違えているだけかもしれない。こういうJ－POPをふだん、カズはあまり聞かないので、定かではなかった。だが、彼女のコケティッシュな風貌と甘さと苦みが微妙に混じりあった歌声には、惹きつけられていった。

地下鉄の入り口はね　宇宙につながってるの
誰も知らない私だけの秘密
青く光る惑星はあなた　私は月
夜を照らす　ただひとつの光

ショコラが歌っているのは「宇宙のトンネル」という曲だった。不思議なメロディーと不思議な言葉が夜空でランデブーするような不思議な曲。そのあちらこちらが夜通しリピートされる。時にうつらうつらしたりしながら、カズは次第に奇妙な感覚の中に入り込んでいった。どうして彼女はこんな詩を書いたのだろう？　ひょっとして、彼女はオレが未来の地下鉄の中で覗き見てきた秘密のことを知っていて、オレに語りかけているのかもしれない。そんな妄想が湧き上がってきた。

眩しすぎて　すれ違う毎日　守れない約束　返し忘れた本

「どんなに離れていても大丈夫」
そんなことというあなたの顔のぞきこむ
まるで地球の終わりみたいな顔する　あなたはまるで子供
とても愛おしいの

何時間か前に、地下鉄のドア越しに遠ざかっていった裕美の微笑みをカズは思い出していた。この一、二週間のうちに、多くのことが起こりすぎた。裕美とオレはこれからどうなるのか。ぼんやりとカズはそれを考えたが、答えに近づきそうになると、意識はぼんやりとした雲の中に逃げ戻って行った。美沙緒のことに考え及んでも、同じだった。裕美に愛されていることをカズはよく知っている。美沙緒に愛されていることもよく知っている。だが、だからオレはそれにどう応えればいいのだろう?

時間旅行でオレは未来のことを知った。が、ここではないどこかで起こることを知っても、今、オレの回りで起こっていることの役に立ちはしない。

未来などクソクラエだ。ぺっと吐き出して、ティッシュに丸めて、ゴミ箱に捨ててしまいたい。そんな気分が膨れ上がってきた。

地下鉄の入り口はね　宇宙につながっていると
昔　あなたが教えてくれた
雨上がりの街路樹が風に震えているよ
早くあなたに会いに行きたいよ
夜空見上げると思うのいつも　この夜は五十億もの木の影
朝は隠れてると　早くあなたに教えたい　耳元で

オレはいったい、何をしたいのだろう？　カズはそれを考えた。準備運動ではない何か、それはどこに隠れているのだろう？

いつも受け身に過ぎることに、気づいていない訳ではなかった。受け身でばかりいた理由は、本当にしたいこともなければ、しなければならないことも見つからなかったからだ。そのもどかしさは、どんなくだらないことでも、したいことを持っている人々には分からないだろう。ずっとずっと、オレの人生はそのもどかしさに覆われていた。

カズはふいに子供の頃からよく見る夢を思い出した。風邪で熱を出して、寝込んだりすると、必ず見る夢だった。誰かの手の中にくじがあって、その中の一本を引かねばならない。だが、恐る恐る手を伸ばしてみると、束になった白いくじは紙製ではなくて、百合の花びらのような、柔らかい有機物だった。カズはそのうちの一本を引き抜く。すると、くじは手のひらの中で崩れて、手がべたべたになってしまう。

熱にうなされながら、何度も何度もそれを繰り返す夢を見続ける。オレはバッドラックばかり引き受けてきた。なのに、夢の中でくじが差し出されると、また、それを引いてしまうのだ。引かなくたって良いんだということには考え及ばずに。カズは初めてそのことに気がついた。

くじは引いてはいけないのだ。差し出されるくじはすべて外れなのだから。オレが求めるものはそこにはない。オレは違う朝に向わなくてはいけない。カズはそう思った。

朝は隠れている。でも、もうそこまでやってきている。この歌もそう教えている。ショコラが長い線路の上を歩くシーンをぼんやりと眺めながら、カズは自分の中で何かが震え出すのを感じた。

加藤がタッチペンを激しく動かすと、画面からショコラの姿は消えて、カメラは線路の上を走り出し、猛スピードでトンネルへと突入した。一瞬、真っ暗になった映像は、はばたく黒い鳥の群れへと転ずる。群れは散って、薄青い空の中に溶けていく。ジョエル・メイヨウィッツの写真集に見たようなブルーの中に少しだけピンクが混じった空がモニター画面の中で静止した。

カズはふっと我に帰った。たくさんの静止したモニター画面が、答えを表示してくれたかのようだった。これだけははっきりしている。オレがしたいのは、しなければならないのは、あのマイクを京都に持って行って、直すことだ。そして、マイクが直ったら、リキのピアノを録音する。なぜだか分からないが、とにかく、それをしたい。しなければならない。

すべてはそれからだ。そう心に決めると、薄い膜のように心を覆っていたもどかしさが、すうっと晴れていくのをカズは感じた。スタジオの磨りガラスの窓の向こうはまだ薄暗かった。だが、ヴィデオ・モニターの中では、燃えるような夜明けの空をバックにして、ショコラが最後のリフレインを歌い始めた。

地下鉄の入り口はね　宇宙につながっているよ
いつかあなたとふたりで行こう！
その時には隠れてる朝を見つけだそう！
そしてふたり　朝日を浴びるのよ

カズも早くリキに会いに行きたかった。これからふたりがどうなるのか、それは分からない。彼女のことをオレはほとんど何も知りさえしない。

だが、リキが自分にとって世界でただ一人の特別な存在であることをカズは疑わなかった。裕美にも、美沙緒にも与えることができずにいたものを、リキにならば、与えられるに違いないから。

受け身であり続けていた自分が初めて、誰かに、誰かの人生を変えるほどのものを与えることができる。この地球上に、オレにしかできない価値あることが少なくとも一つはあるのだと思うと、もう惨めな気分は消えていた。疲労感が急激に濃度を増し、さすがの君塚や加藤にも妥協が見え始めたスタジオの中で、自分ひとりが高揚していることに気づいて、カズは少しおかしくなった。

夜が明けたら始まる旅が、恋愛という名前を獲得するかどうかは、どうでも良いことだった。あるいは、ずっと後になってから考えれば良いことに思えた。ともかく、ふたりで見つけに行かねばならないものがあるのだ。すべてはそれからだ。オレの未来は、オレが自分で選択した未来は、そこから始まる。

スタジオの隅の透明人間は、そう念じながら、じっと朝が来るのを待っていた。

2000112902

日帰りとはいえ、京都は寒いかもしれない。雨が降るかもしれない。いろいろ考えているうちに、リキのバッグは大きくなってしまった。空に鋭い三日月が昇る頃になって、ようやくリキは旅の準備を終えた。

カズはもう寝ただろうか。そう思いながら、カーテンを少し寄せて、低い三日月を見つけた瞬間に、リキの中で音階が響き始めた。新しい曲が生まれようとしているのをリキは感じた。

デジタル・ピアノを弾くには遅過ぎる時間だった。それに曲はピアノ向きではなさそうだ。螺旋階段をどこまでも降りて行くようなベースラインが、リキの中でぐるぐると回っていた。きっと、これはオルガンで弾く曲になるだろう。地の底に届くような曲になるのかもしれない。リキは急いで、ノートを取り出して、採譜を始めた。

「らせんに触れる」

ベースラインを記した譜面にそんなタイトルを記してから、リキはベッドに入ることにした。

桃乃井一馬と桃乃井佐和子は関係があるのだろうか？　明かりを消すと、リキはまたそれが気になり出した。何か忘れていることがあるように思えた。自分だけしか知らないことが記憶の底にある気がするのだが、しかし、それは思い出せそうになかった。

佐和子のことは、明日、新幹線の中でカズに聞いてみよう。そう言い聞かせて、リキはそれ以上、考えないようにした。

冬がそこまで来たのが分かる、息の白くなる朝だった。リキは赤い古着のコートを着て出ることにした。なぜか、学生時代の服を着て出かけたい気分だった。

八時四十五分より少し早く、リキは恵比寿についた。

地上に出て、大きなエスカレーターの下のえびす像のあたりでカズを待っていると、カズはJRの方からやってきた。無精髭がのびている。寒そうなGジャン姿で、なんだか、くたくたっとしている。

「ごめん、ごめん、スタジオが朝までかかっちゃって。とりあえず直接、来たんだけれど」

カズが顔をくしゃくしゃにしながら言った。

「うわっ、大変だったねー」

「なんだけれど、オレいろいろ家に置いたままで、申し訳ない、中目黒まで取りに戻ってもいいかなあ。三十分ぐらいはかかっちゃうんだけれど。今日、会いに行く柳沢さんという人と祖父の昔の写真も見つけたんだ」

「ああ、それは取ってこないと駄目だよお。私はだいじょうぶだから。そんなに急ぐ旅じゃないでしょ」

「じゃあ、申し訳ないんだけれど、どこかで待っててくれる？　一駅だから、速攻で行ってくるから」

「それより、そんな無理してだいじょうぶ？」

「だいじょうぶだよ。新幹線の中で爆睡するかもしれないけれど。あと、新幹線のチケット変更するの、お願いしちゃってもいいですか？」

「もちろん。どうしたらいい？　十時半ぐらいの指定だったらいい？」

「それでオッケー」

「それとも私も一緒に取りに行こうか？」

「それでもいいけれど、うーん、でも、オレ、やっぱり走るよ。だから、これ」

カズはリキに新幹線のチケットを渡して、そのまま走り出そうとしたが、右手に木箱のマイクケースを下げたままでは走りにくいのに気づいた。

「ごめんごめん、あと、これだけ持っていてくれる？　京都で修理してもらうマイクなんだ」

カズの後ろ姿を見送ろうとしていたリキの方に向き直ると、カズはケースを差し出した。リキは一歩踏み出て、とてつもなく古そうな木箱のケースを恐る恐る受け取った。

「これがそうなの。かっこいいケースだねえ」

ケースは見た目よりはるかに重かった。マイクというのはこんなに重いものなのだろうか、武器が入っているみたいだ、とリキは思った。

地下鉄の入り口にカズがすうっと吸い込まれて、消えていった。みどりの窓口はどこだろう？　リキはバッグとマイクケースを抱えて、ＪＲの恵比寿駅の中に入っていった。

2000112903

カズがホームに駆け下りていくと、ベルが鳴って、ちょうど日比谷線が発車するところだった。カズはぎりぎりでドアに飛び込んだ。最後尾車両の真ん中あたりだった。下りとはいえ、朝のラッシュ時で車内はそこそこ混雑している。カズは人の間をすり抜けて、反対側のドアの脇まで進んだ。

あの写真さえ、家に置いてこなければ、こんな失態を見せることもなかったのに。駆け込み乗車を注意するアナウンスを耳にしながら、カズはそれを悔やんだ。リキが嫌な顔ひとつせず、むしろ、オレの事情を案じてくれたのは助かったが。

やはり、自分のことは一日先の都合も分からない。西岡が「明日、この道で石につまづいて転ぶと知ると、その道を通るのをやめて、そこからパラドックスが起こってしまう」と言っていたのをカズは思い出した。昨日に戻って、写真をモニターの前に置かず、鞄に入れておく。出来そうに思えるが、やはり、それはできないのだ。

動き出した日比谷線は恵比寿から代官山の地下をくぐり抜けていく。つり革にぶらさがったカズの頭の中では、ショコラの歌がずっとリピートしていた。

地下鉄の入り口はね、宇宙につながっているのスタジオを出てからも、このリフレインが頭から離れない。音楽の仕事をすると、こんな風になってしまうものなのか。そろそろ頭の中からこれを追い出したい。どうしたら追い出せるのか、リキに聞いたら、教えてくれるだろうか？　カズはふと、そんなことを考えた。

代官山の地下をくぐり抜けた電車は、槍が崎の交差点の先でトンネルの出口へと差し掛かる。出口の先で日比谷線は東横線と合流し、くねった線路は高架になって目黒川を渡り、山手通りの上に浮かぶ中目黒の駅に入っていく。

だが、何かがおかしかった。カズは車内にまったく音がしないのに気づいた。まるでヘッドフォンでもしているかのように、頭の中に響いているのは、同じ曲のリフレインだけだった。

車内には得体の知れないものが満ちてきていた。空気がいつのまにか液状化して、粘度の高い液体の中に閉じ込められているような、そんな感じがした。周囲を見回そうとしても、首はもうゆっくりとしか回らない。さらにゆっくりと、回した首の残像が付いて来るのをカズは感じた。

地下鉄の入り口はね、宇宙につながっているのリキを待たせているというのに、この地下鉄はどこへ行ってしまうのか？　戻りたい。どうしたら戻れるだろう。カズは焦って、逃れる術を探したが、どうにもならなかった。

電車がトンネルを抜けて、地上の光が車内に満ちてくると、液体は白濁を始めた。周囲の景色がゆらめきながら、その白の中に溶けてゆく。カズはまた、あの感覚に陥ろうとしていた。ゆっくり静かに、すべては真っ白い空間に吸い込まれていった。しかし、いつもとは少し違った。気がつくと、液体は揮発していて、白の中から、さらに眩い白が現われようとしていた。

素粒子の雨が五感のすべてを洗い落としていく。肉体の呪縛を解かれた意識は、永遠に触れて、すべての時間を見渡す。

そして、カズはようやく気づいた。彼が覗き見てきた未来には、彼は存在していないということを。それは彼がいなくなった後の世界だったのだ。

2000112904

みどりの窓口でチケットを交換してから、リキは駅前のドトールコーヒーの二階でミルクティーを飲んでいた。私がどこで待っているか、彼は分からないから、もう少ししたら、携帯に電話しないといけない。

彼と私はこれからどうなるのだろう？　駅前のロータリーを見下ろすカウンターに座って、二枚の切符を眺めながら。リキはぼんやり考えた。未来のことなんて分からない。でも、今日は特別な一日になりそうな気がした。

京都の山科に、彼の祖父の古い友人を訪ねる。不思議な旅だ。一週間前には思いも寄らなかった。この旅の終わりに何が待ち受けているのだろう？　想像がつかないスリルをリキは快く感じた。


窓の外は小雨が降り始めていた。

リキの頭の中では、昨夜遅くに思いついた曲のモチーフが反復していた。螺旋階段を地底へ、地底へと降りて行くようなベースライン。そういえば、カズにプレゼントのお礼を言うのを忘れていた。リキはそれを思い出した。

遠くから聞こえるサイレンの音がいつのまにか、ベースラインに重なり出した。地と空が不協に響き合うかのようだった。リキはそろそろ電話してみることにした。しかし、カズの携帯は繋がらなかった。

「電波の届かないところにおられるか、電源が入っていないため、かかりません」

外のサイレンの数は次第に増えていった。恵比寿駅の脇の駒沢通りからも、救急車両を通すためのアナウンスが聞こえてくる。

リキはもう一度、カズに電話した。繋がらない。しばらく待って、もう一度、電話しても繋がらない。

2000112905

リキが呼んでいる。

しかし、カズの意識はすでに悟っていた。もう戻る肉体はないことを。

カズは目を閉じた。世界は変わらず、白い光に満ちていて、何も見ることはできなかった。だが、それでもじっと目を閉じていると、どこからか澄んだピアノの音が聞こえてきた。聞き憶えのある音色だった。遠い昔にもカズはそのピアノの音色を聞いたことがあった。

ピアノが生々しい激しさを増したので、カズはゆっくりと目を開けてみた。すると、そこは中野の家の庭だった。

青々とした芝生に、眩しい日差しが降り注いでいた。笹の薮がさわさわと音を立て、薄い雲が高い空を凄いスピードで流れている。そして、カズの傍らには少女がいた。

時の窪みで

2000112906

その日、来るはずの客は現われなかった。若い人にはよくあることだ。そのかわり、柳沢の工房には予期しない来客がやってきた。甥の潤平が友人を連れて、現れたのだ。

柳沢潤平は京都大学を卒業したものの、仕事を転々とし、今は新聞社で校正の仕事をしている。その一方で、彼は一九七〇年代からワジュの名前で音楽活動を続けている。実は世界中にファンがいるのだという。

ノイズとかエクスペリメンタルとか呼ばれるらしいワジュの音楽は、忠則には到底理解できないものだったが、楽器の工作から始めて、世の中にない音を作り出すというのは、どこかで忠則の職人肌と似たものを持っているのかもしれない。四〇代にして、真っ白な髪をしているのも、柳沢家の家系だろう。

潤平が連れてきたのは、ジーモン・ヴェルナーというドイツの音楽家だった。二週間前から京都に滞在していて、今は潤平の家にいるという。音楽家というよりは学者のような風貌の中年男だった。ヴェルナーはこの工房の噂を東京で聞きつけて、ぜひ訪れたいと思っていた、と言った。

忠則が修理中のテープレコーダーやマイク、古い足踏みオルガンなどをヴェルナーは興味深そうに見て回った。とりわけ、忠則がRCAのリボン・マイクの部品をたくさんストックしているのには驚いていた。そして、帰り際に忠則にこう聞いた。

あなたはドイツのリボン・マイクも修理できるだろうか？

2000112907

地下鉄日比谷線の中目黒駅付近での事故は二〇〇〇年、十一月二十九日、午前九時に起きた。恵比寿駅を八時五十八分に出た東急東横線直通菊名行き電車の最後尾車両が、中目黒駅手前のトンネルを抜け出たあたりで脱線を起こし、対向の東武線直通竹ノ塚行きの側面に衝突したのだった。原因は、事故が起こった箇所が半径一六〇メートルの急曲線だったにもかかわらず、脱線防止のガードレールがなかったこと、脱線した車両には、左右車輪にかかる重量の不均衡が認められていたが、放置されていたこと、などが複合したと考えられている。

脱線した下り電車の最後尾車両は、上り電車の六両目の車両の側面をえぐるような形になり、双方の車両が大破。死者六名と六十名を越す負傷者を出した。死者六名中の五名は上り電車に、一名は下り電車に乗り合わせていた。

2001101001

あの地下鉄の事故から一年近くが過ぎた。リキは絵美とふたりで、ようやく京都にやってきた。山科の柳沢忠則を訪ねるために。

地下鉄の御陵駅から坂を上った丘の中腹に柳沢の工房はあった。新幹線で京都に向う間は、珍しく絵美も口数が少なかった。京都に着いて、三条のカフェでお茶をして、ようやく、ふたりは旅行気分になってきたところだった。

三条から地下鉄で十分ほどだというのに、御陵駅で降りて、エレベーターで地上に出ると、山をひとつ越えた別世界にふたりは出ていた。少しずつ木々の紅葉が始まっている。

絵美が小さなスーツケースを引いているので、ふたりはゆっくりと坂を登っていった。リキはリュックサック、そして、手にはグリュンベルクV07のケースを下げている。

「これでいいんだよね」

歩きながら、リキが突然、そう言った。絵美はその意味がよく分からないままに答えた。

「リキがしたいと思うことをすれば、それが一番いいんじゃないかな」

「うん」

リキは小さく答えた。

絵美はずっと多くを聞かないままにしていた。絵美が会ったことのない彼のことは。聞けば、リキにまた思い出させることになってしまう。

でも、リキは聞いてもらいたいのかもしれない。今なら、聞いてもいいのかもしれない、と絵美は思った。

「恋愛以前、だったんだよね?」

「そうかな。会ったことは三回しかなかったから」

リキがさらっと答えたので、絵美は安心した。

「そっか」

「でも好きになれそうな人だったかな」

「そういう矢先だったんだ」

「分かんないけどね。彼がどういう人だったのかは、ほとんど知らないままだし。もっと悲しんでいる人達はいるよね、きっと。彼女だって、いたのかもしれないし。ただ、男の人として好きになるとか、そういうことより先にね、なんだか私、仲間を見つけたみたいな、そんな気がしたの。一緒に遠くまで行けそうな人のような……でも、行けなかった」

「かえって残っちゃうんだね、そんな時に、急に断ち切られちゃうと」

「うーん、今でもね、ひとりで地下鉄に乗っていたりすると、思い出しちゃうの、どうして、私はここにいて、彼はいないんだろうって。あの日、私が一緒に地下鉄に乗っていたって不思議なかったって思ったり。本当にね、乗っていても不思議はなかったの」

リキが一緒に乗っていなくて良かった。絵美はそう思った。彼には少し申し訳ない気持ちがした。でも、私にはリキが大切だ。

恋人でもなかった男の死をリキが引きずり続けているのを見るのも辛い。もう解放してあげたい。だが、この京都旅行でそうできるのだろうか。絵美には分からなかった。

その男のせいで、私までこんな坂道を登っている。でも、こうなったら、リキにとことんつきあうしかない。私にできることは、ただそれだけだ。絵美は自分にそう言い聞かせた。

リキが続けた。

「それで、そうやって、地下鉄の中で彼のことを思い出すと、そこにいるのが私だけじゃなくなるような気がしたり……」

「私だけじゃなくなる?」

「彼も見ているって。私のことを見ているんじゃなくてね、私と一緒に、私が見ているものを彼も見ているって、なんだか、そんな気がしてくるの」

絵美はずっと昔に本で読んだ話を思い出した。

「リキ、アフリカではこう言うらしいよ。本当の死が訪れるのは、その人の肉体が死んだ時ではないって。本当の死は、誰もその人のことを思い出さなくなった時に訪れる。誰かが思い出す限り、その人の魂は生き続けるって。いつでも帰ってくるって」

「誰かが思い出す時、魂は帰ってくるの？」

リキはゆっくり噛み締めるように言った。


坂の中腹の私道の入り口までふたりは登ってきた。

「ああ、ここだね」

地図を見ながら、絵美が言った。

「ここ？」

リキはそう言ったまま、歩みを止めてしまった。

「絵美……」

私道を少し先まで登っていた絵美は振り返った。

「どうしたの？」

「ううん、なんだか、これで全部終わっちゃうような気がして」

絵美にも分かった。リキが何を迷っているのかが。

「思い出すのも辛いけど……」

リキは涙声になっていた。

「思い出さなくなるのは……もっと嫌だなって」

絵美はスーツケースを置いて、立ち尽くしているリキのところまで戻った。そして、リキを思い切りハグした。

「どうして事故は……起こったのかな」

耳元の生暖かい吐息の中で、涙に溶けて、消えてしまいそうなリキの声がした。

「そんなの分かんないよ、誰にも分かんないよ」

「私が起こしてしまったの？」

「そんなはずないじゃない」

リキはしばらく押し黙ってしまった。何かを自問自答しているようにも思えた。

「誰のせいでもないよ、事故は事故だよ」

「私、もう思い出しちゃいけないの？」

「ううん、いいんだよ。きっと、リキはいつまでも思い出しちゃうんだろうな。でも、それでいいんだよ。その時きっと、彼の魂はそばにいるよ。それでいいんだよ、きっと」

絵美の目からも涙がこぼれてとまらなかった。

私道の先にあるログハウスの扉が開いた。ふたりが登ってくるのが見えたのだろう。門の手前で止まってしまったふたりに向かって、前掛けをした白髪の老人が高く手招きしていた。ログハウスの向こう側では竹林がゆっくりと風に揺れていた。

2004052101

『時の窪みで』をプロデュースしたのはジーモン・ヴェルナーだった。ジーモンは二〇〇〇年以来、しばしば日本を訪れるようになっていた。様々な場所に出没するので、ジーモンは東京に住んでいる、と噂する者もいた。

ある日、ジーモンは絵美の家でリキの弾くピアノを聞いた。その場で、ジーモンは彼女のレコードをプロデュースしたいと申し出た。

リキはレコーディングのために、佐和子からベヒシュタインのピアノを借り受けることにした。スタジオはジーモンの友人のミュージシャンが大田区の平和島に持っているプライヴェート・スタジオを無料で貸してくれたが、大変だったのは楽器の運搬だった。中野からベヒシュタインのピアノを運んだだけではない。ジーモンは京都から大正時代の西川の足踏みオルガンを取り寄せた。ケルンの彼のスタジオからもたくさんのおもちゃが届いた。

ベヒシュタインのピアノを録音するために、リキはグリュンベルクV07をジーモンに預けた。すると、ジーモンはおもちゃ箱の中からもう一本の同じマイクを取り出して、リキに見せた。このマイクは祖父のウォルフガング・グリュンベルクが作ったものだ。自分が譲り受けたものは、長らく故障していたが、京都のヤナギサワが修理してくれた、とジーモンは説明した。


がらんとした地下室のスタジオは天井が五メートルほどもあって、薄汚れた灰緑色の壁が、ぼんやりとした明かりの中にそびえていた。僕達は象の内側にいるような気分だね、とジーモンは言った。飾り気はないが、どこか温かみが感じられる空間だった。

ジーモンは調律師にたくさんの注文をつけ、何時間もかけて、スタジオに運びこまれたベヒシュタインのピアノを調律した。最後は調律師から道具を奪って、自分で微調整をしていた。

普通のピアノと違って、ベヒシュタインには六本の足がある。スタジオの中央に、鈍い光を浴びた茶色い六本足のピアノが置かれている様は、セピア色にくすんだ何十年も前の写真を見ているかのようだった。リキが弾いてみると、ピアノは佐和子の家で弾いた時にはなかった透明感と、立ち上がりの鋭さが加わった音がした。

一九二八年製のベヒシュタインのピアノは一九四〇年代の二本のグリュンベルクのマイクで録音された。高い方の弦に向けて一本、低い方の弦に向けて一本、ハンマーのあたりを狙って、平行に置かれたマイクで。二本のマイクのシリアル・ナンバーは十一番と十二番だった。

ドイツでもこんなピアノの録音は行われたことがない。鉛色の太いブームスタンドに二本のマイクをセットし終わったジーモンはそう言った。ジーモンにとっても、特別な録音が始まるのだということをリキは理解した。

ベヒシュタインの周囲の空気の震えをすべてつかまえて、二本のマイクが魔術的なハーモニーを紡ぎ出しているのが、リキにも分かった。極上の弓みたいなものなのだろう、ヴァイオリンだったら、とリキは思った。


二〇〇四年の五月二十一日から一週間をかけて、リキのアルバムはレコーディングされた。ほとんどはリキの弾くベヒシュタインの独奏。足踏みオルガンを使った曲が二曲。後からジーモンが少しだけ、おもちゃをオーヴァーダビングした。

レコーディングはもちろん、すべてアナログのテープレコーダーで行われた。日本製のオタリのテープレコーダーだった。演奏が終わる度に、テープが巻き戻るのを待ってから、ふたりでプレイバックを聞き返す。それもリキには新鮮な経験だった。

リキは彼女がいつも持ち歩いている、失われた時間を巻き戻すお守りをジーモンに見せた。ジーモンは螺旋状の木のつるで作られたお守りを珍しそうに手に取って、僕も同じ物を買うよ、巻き戻したい時間が沢山あるから、と言った。

レコーディングの間はほとんど、リキはジーモンとふたりきりだった。一度だけ、絵美が差し入れを持って遊びにきたが、ふたりの集中を妨げたくなかったのか、すぐに帰ってしまった。しかし、リキはもうひとり、ずっとそばにいる人の存在を感じていた。

ピアノの独奏にもかかわらず、リキはヘッドフォンをして演奏することにした。グリュンベルクのマイクの音を感じたかったからだ。

「音楽の中では、生きている者と死んでしまった者の区別はないんだよ」とジーモンは言った。

ジーモンも私も、死者達とともにここにいるのだ、とリキは思った。音楽の中では、彼らも一緒に生きている。あるいは、私達も一緒に死んでいるのかもしれない。そう考えると、リキはなぜか落ち着いた。

「私のピアノを聞いてくれる?」

小さな声で、そう呟いて、リキはスタジオのブースへの螺旋階段を降りて行った。

すべてがこの瞬間のためにあるべきところにある。ベヒシュタインのピアノに向かって、ヘッドフォンをすると、リキはそう感じた。いつものように最初の一音を弾くのが怖くはなかった。リキはもう怖くなかった。

2004052901

レコーディングが終わって、ベヒシュタインのピアノは佐和子の家に戻った。その日、リキは佐和子の家をお礼に訪れた。無事に戻ってきたベヒシュタインを佐和子は嬉しそうに眺めていた。

リキが佐和子から譲り受けたグリュンベルクV07は、ジーモン・ヴェルナーがケルンに持ち帰っていった。ジーモンの祖父が作ったマイクの、生き残った最後のペアだろう十一番と十二番。

それはジーモンが持っているべきだ、とリキは考えた。

中野の家の居間のちゃぶ台で、佐和子とリキは久しぶりにゆっくりお茶を飲んだ。佐和子はリキの誕生日がやってくるのを憶えていて、きれいなショートケーキを用意していた。明日でリキは二十八歳になる。

リキは少し疲れているようだったが、凛とした美しさを増して見えた。自信なさげだった教え子が、いつのまにか、自分の知らない世界へはばたきつつある。佐和子にとって、それは珍しい経験ではなかったが、いつになく、取り残された気持ちが胸の底に淀んだ。といっても、それは不快な感情ではなかった。

一馬との奇妙な出会いが、リキが録音した作品に深い影を落としていることを佐和子は察していた。今ではそれだけが、一馬がこの世界にいたという証なのかもしれない。あるいは、それは私がこの世界にいたという証にもなるのだろう。リキの音楽には佐和子の理解を越える部分があったが、佐和子はそれこそを誇らしく感じた。

私は二十世紀の音楽しか理解できない。だが、人間の可能性はまだ果てしない。教え子からそれを教えてもらうことができるのは、教師という職を選んだ者の特権だ。

よく晴れた、風の強い日で、庭の笹がさわさわと音を立てていた。長く静かな午後の終わりに、リキは、ずっと佐和子に聞いてみたかったことを思い出した。

「先生、先生はカズマくんと会ったことがあったんですか？」

「あるわよ。二十年、いやもっと、二十四、五年は前のことね。あの子のお母さんが入院した時、下の妹が一馬をしばらく預かっていたことがあったの。ところが、昇が風疹にかかったので、うつったら困るというので、妹がうちに連れてきた。夏だったわね。おとなしい子だった。私がヨーロッパからもうちょっとだけ早く帰ってきていれば、もう一度、会えたのにねえ」

「二十四、五年前ですか」

「あなたのお母さんが最初にあなたをうちに連れてきたのも、もうそのぐらい前になるわね」

ひゅううという音がして、風が芝生の上を吹き抜けた。目の前の小さな庭で、三、四歳の男の子と女の子が遊んでいる。そんな夏の日があったことを佐和子は思い出していた。

＊歌詞引用（P281、282、283、285、291、292）：
ショコラ「宇宙のトンネル」作詞：片寄明人、ショコラ

八年ほど前のある日、地下鉄日比谷線に乗っているときに、ふいにこの物語はやってきました。忘れないように書き留めておけと、その晩に言ってくれた友人たちがいなければ、翌日には忘れてしまっていたかもしれません。

その後、たくさんの人々に助けられて、物語は小説という形になりました。様々な刺激や示唆を頂いた皆様に深く感謝します。

旧友の小林肇にこの物語を捧げます。

二〇一五年十二月　　著者

◎高橋健太郎（たかはし・けんたろう）＝一九五六年、東京生まれ。一橋大学在学中より『YOUNG GUITAR』『Player』などの音楽誌でライターとしてデビュー。八〇年代以降、音楽専門誌『ミュージック・マガジン』や『朝日新聞』『BRUTUS』などの新聞・雑誌に評論を寄稿。音楽プロデューサー、レコーディング・エンジニア、ギタリストとしても活動し、二〇〇〇年にインディーズ・レーベル「MEMORY LAB」を設立。さらに音楽配信サイト「ototoy」（旧レコミュニ）の創設にも参加。著書に『スタジオの音が聴こえる』（DU BOOKS）、『ポップ・ミュージックのゆくえ　音楽の未来に蘇るもの』（アルテスパブリッシング）がある。twitterアカウント：@kentarotakahash

◎ヘッドフォン・ガール　◎二〇一六年一月三〇日　初版第一刷発行
◎著者＝高橋健太郎　◎発行者＝鈴木茂・木村元　◎発行所＝株式会社アルテスパブリッシング
〒一五五・〇〇三二　東京都世田谷区代沢五ノ一六ノ二三ノ三〇三　電話〇三・六八〇五・二八八
六　FAX〇三・三四一一・七九二七　info@artespublishing.com　◎印刷・製本＝太陽印刷工業
株式会社　◎装画＝へびつかい　◎装幀＝佐々木暁　◎Printed in Japan　◎ISBN978-4-86559-
129-3　C0093　

アルテスパブリッシングの本

アルテスパブリッシングの本

アイルランド音楽　碧《みどり》の島から世界へ【CD付き】
おおしまゆたか
A5判・並製・二〇〇頁　定価：本体二三〇〇円＋税

ポップ・アフリカ800　アフリカン・ミュージック・ディスク・ガイド
荻原和也
A5判・並製・二七二頁　定価：本体二八〇〇円＋税

〈いりぐちアルテス004〉
JAZZ100の扉　チャーリー・パーカーから大友良英まで
村井康司
四六判・並製・二三二頁　定価：本体一六〇〇円＋税

すごいジャズには理由《ワケ》がある　音楽学者とジャズ・ピアニストの対話
岡田暁生、フィリップ・ストレンジ
四六判・上製・二四八頁　定価：本体一八〇〇円＋税

アルテスパブリッシングの本

魂《ソウル》のゆくえ
ピーター・バラカン
四六判・並製・二八八頁　定価：本体一八〇〇円＋税

〈いりぐちアルテス002〉
文化系のためのヒップホップ入門
長谷川町蔵、大和田俊之
四六判・並製・二八〇頁　定価：本体一八〇〇円＋税

【CDブック】
クレオール・ニッポン　うたの記憶を旅する
松田美緒
A5判・上製・八〇頁＋CD　定価：本体三五〇〇円＋税

日本メディアアート史
馬定延
A5判・並製・三六八頁　定価：本体二八〇〇円＋税

アルテスパブリッシングの本